AF139281

Andreas Heßelmann
Losglück
eine deutsch-türkische Liebesgeschichte

Bibliografische Information der
Deutschen Nationalbibliothek:
Die Deutsche Nationalbibliothek verzeichnet diese
Publikation in der Deutschen Nationalbibliografie;
detaillierte bibliografische Daten sind im Internet über
http://dnb.dnb.de abrufbar.

TWENTYSIX – Der Self-Publishing-Verlag
Eine Kooperation zwischen der
Verlagsgruppe Random House
und BoD – Books on Demand
Alle Rechte vorbehalten.

Herstellung und Verlag:
BoD – Books on Demand, Norderstedt

ISBN: 978-3-7407-6240-3

Cover-Illustration: AdobeStock 220857000
Autorenbild: **Rainer Simon**

Yüz dinle, bin düsün, bir konus
(Hör hundertmal, denk tausendmal, sprich einmal)
türkisches Sprichwort

I.

türk mali – made in turkey

Ihr mintfarbener Bikini leuchtete gut sichtbar über der Bucht. Seit nunmehr drei Tagen jeden Nachmittag. Sie kam immer allein. Ohne Begleitung. Man hätte fast die Uhr danach stellen können. So waren wir dann für die kommenden zwei, drei Stunden nur zu zweit. Jedoch mit gehörigem Abstand zwischen uns. Sie dort unten, umgeben von halbhohen Büschen, und ich hier oben, im Schatten einer kleinen Pinie und eines nicht viel größeren Felsen. Die Bucht war somit keiner der üblichen überlaufenen Geheimtipps. Oder doch? Wenn sie heute in meine Nähe käme, würde ich mir etwas einfallen lassen müssen. Bildete ich mir zumindest ein. Gleichzeitig ärgerte ich mich wieder darüber, kein Fernglas mitgenommen zu haben. Auch für gute Augen sind fünfzig und mehr Meter kein Pappenstiel, wenn man eine unübersehbar gut aussehende und junge Frau für eine Weile mal näher betrachten will. Und für diese Entfernung sind meine Augen alles andere als gut genug und meine Brille rettet in solchen Momenten kaum noch was. Also blieb mir nur, die Augen zusammenzukneifen, weil ich dachte, dass es helfen würde, und ich starrte von meinem etwas erhöhten Platz zu ihr hinunter. Der Detektiv in dem Buch, das ich gerade fertig gelesen hatte, hätte das sicher besser und vor allem unauffälliger gekonnt.

Obwohl er jenseits aller tolerierbaren Promille-grenzen agierte.

Doch fünfzig Meter reichen auch, um fürs Erste nicht gleich aufzufallen. Leider hatten wir nur schon den dritten Tag und mir war bisher nichts anderes eingefallen, als sie von hier oben anzugu-cken. Ich tat, als wenn ich lesen würde. Für andere Kindereien, wie heranrobben oder einen Ball – den ich ohnehin nicht hatte – vollkommen unabsicht-lich in ihre Richtung zu werfen, war ich inzwi-schen zu alt. Und auf irgendeine blödsinnige Art ein Gespräch anzufangen, *Schön schön hier* oder *Machen Sie etwa alleine Urlaub?*, war wirklich platt. Zumal ich nicht sicher sein konnte, dass sie mich verstand. Wer weiß, woher sie kam? Ich war hier ja nicht auf Usedom oder am Chiemsee. Derweil kämmte sie sich, gelangweilt wirkend, mit den Fin-gern durch die dunkelbraune, fast schwarze Flut ihrer Haare und schüttelte die Mähne auf ihren Rü-cken. Dann ging ihr Blick wieder hinaus aufs Meer. Auf dem nichts anderes zu sehen war als genauso gelangweilte Wellen, die ein Dutzend Meter vor ihr träge und ohne Kraft ans Ufer platschten. Ziem-lich weit hinten zwei, drei Segelschiffe, die so ta-ten, als kämen sie mit dem bisschen Wind gut vo-ran.

Wir waren heute Nachmittag ungefähr zur sel-ben Zeit angekommen. Mehr als eine Minute lag nicht dazwischen. Ihr Kleid, ihren Rock oder was auch immer sie angehabt hatte, hatte sie bereits ausgezogen. Sie war gerade dabei ihr Handtuch auszubreiten, als ich meinen Rucksack absetzte.

Kaum lag der gestreifte Stoff in der kleinen Sandinsel inmitten der Büsche, betrachtete sie das Gelände zwischen sich und dem Meer. Eine Touristin, die sich, wie der Tourist schräg oberhalb von ihr, sicher mehr von dieser Küste versprochen hatte. Aber die, wie er, nicht wusste, wo es besser sein könnte. Und das, auch wie er, seit mindestens drei Tagen. Obwohl die Landschaft um uns herum recht reizvoll war. Aber für einen, der ausgiebig baden wollte, waren die felsigen Finger, die vor uns ins Meer ragten, weniger einladend.

Bestimmt hatte sie mich längst bemerkt. Von der ersten Sekunde an. Trotzdem kein Blick zu mir oder meiner Lagerstätte. Schon gar keine grüßende Hand. Meinen nickenden Kopf, *Ah, Hallo!,* übersah sie einfach dabei. Auch wie von der ersten Sekunde an. Sie wusste, ich war außerhalb jeglicher Reichweite. Also ziemlich harmlos. Unveränderte fünfzig Meter machten selbst aus einem gefährlichen Haifisch einen ollen Karpfen. Falls also irgendeine Gefahr von mir ausging, hätte sie Zeit genug, in das versteckte Holster neben sich zu greifen und mich anschließend über den Haufen zu schießen. Jedenfalls war ich ihr, wenn mein Wörterbuch nicht log, *önemli değil,* vollkommen egal. Und auch das seit drei Tagen.

Minuten später ertönte von dort unten leise eine Melodie. Längst saß sie auf dem Tuch und hatte einige Male lustlos in einer Illustrierten herumgeblättert. Sie griff neben sich und hielt ein Handy ans Ohr. Wie um sich besser zu konzentrieren, sank ihr Kopf nach vorne. Ihr Blick wahrscheinlich auf ihre Zehen, die Bilder der Zeitschrift, ein paar Grashalme oder ein Insekt geheftet, das zwischen dem Ganzen herumtollte. Von den krabbelnden Dingern hatte es nämlich genug. Im Gegensatz zu den letzten Tagen sprach sie diesmal viel lauter. Das andere Ende war demnach in Sibirien, in der Pampa oder auf dem Mond. So brandete ein Konglomerat letzter Reste unverständlicher und unvermutet bekannter Wörter zusammen mit dem Geräusch der Wellen zu mir:

„*Merhaba* Tante.“

„ – “

„*Iyiyim – uçakla* – Stuttgart.“

Mein Wörterbuch war sein Geld wert. Sie telefonierte also mit einer Tante, ihr ging es gut, sie war mit dem Flugzeug hier, und wenn ich richtig kombiniert hatte, kam sie unvermutet von oder aus Stuttgart. Der Anhänger an meinem Rucksack trug das Kürzel desselben Flughafens. In Gedanken schlug ich mir an die Stirn. Wenn das alles stimmte, sollte sie mich also verstehen können und ich hätte mit ihr schon längst reden können. Ich schüttelte den Kopf. Drei Tage hatte ich Fisch gespielt und nur mit mir selber gesprochen. Ich fluchte und lauschte.

„*Evet – çok geç*“, das klang wie ein Schokoriegel, „*pazartesi günü …*“

Ich konnte nicht schnell genug blättern. Nach dem *Ja* und *sehr spät,* das also doch nicht Schokolade hieß, fand ich in dem Büchlein nur noch *am Montag.* Von den Wörtern dazwischen hatte ich keine Ahnung, wie sie sich schreiben könnten, mehr als die Hälfte hatte ich vor lauter Suchen auch gar nicht mitbekommen. Dann war das Gespräch zu Ende. Sie warf ihren Kopf und damit die langen Haare wieder nach hinten. *Pazartesi günü.* Am Montag. Heute hatten wir Mittwoch. Ich hoffte, es hieß, dass sie ihre Tante am kommenden Montag besuchen würde oder mit ihr einkaufen wollte und nicht schon nächste Woche abfliegen musste. Allzu viel Zeit hatte ich womöglich nicht mehr, um sie anzusprechen. Dabei hätte ich es unerwartet leicht. Die Worte Tante und Stuttgart konnte ein Deutscher auch nicht besser aussprechen. Somit wäre eine Feststellung wie *Schon schön hier* vielleicht doch nicht so falsch gewesen.

Das Handy verschwand in der Tasche. Dafür zog sie einen kleinen Spiegel hervor und kontrollierte mit rollendem Kopf die Haare oder das Make-up in ihrem Gesicht. Ich stellte mir vor, wie sie mit dem kleinen Ding versuchte, mich heimlich in Augenschein zu nehmen und darüber brütete, welchen ersten Satz sie sagen könnte. Länger als ein paar Sekunden dauerte es allerdings nicht. Zu wenig für ein Taxieren. Anschließend tat sie wieder nichts anderes, als das Meer zu beobachten. Die Segler darauf waren ein paar Zentimeter weitergekommen. Dabei knüpfte sie sich einen dünnen Zopf in ihre Haarpracht. Machte ihn wieder auf und begann von Neuem. Das Ganze wiederholte sie zweimal. Minuten später schob sie ein Gummi um das Ende. Dieser Zopf war ihr demnach endlich gut genug gelungen. Dann ließ sie sich auf ihr Tuch zurückfallen und von der Sonne bescheinen.

11

Nun nahezu vollständig für mich von den niedrigen und dornigen Büschen des eher hügeligen Küstenabschnitts verborgen.

Ich wartete noch etwas ab, widmete mich dann doch dem neuen Buch, das ich aus meinem Rucksack herausgekramt hatte, und litt Zeilen später mit einem Inspector in Alicante, weil er zwar seine Fälle wohl aufklären konnte, aber trotz aller Bemühungen über eine stille Schwärmerei bezüglich einer Angehimmelten nicht hinauskam. Ihm ging es wie mir. Er hatte schlichtweg nicht den blassesten Schimmer, wie er sich verhalten musste, um erfolgreich zu sein. In Anbetracht der Situation hier in unserer Bucht, kein gutes Vorbild für mich.

Als ich hochschaute, war sie gerade im Begriff hinter den Büschen der kleinen Kuppe rechts von uns zu verschwinden. Ich reckte mich etwas und sah ihr Handtuch noch liegen. Kein stiller Abgang also. Nur wenig später kehrte sie zurück. Gerade rechtzeitig für ein neues Telefongespräch. Sie stoppte die lauter werdende Melodie ihres Samsungs mit einem tippenden Finger auf das grüne Symbol.

„Evet – evet – hayır.“

Das verstand ich auch: ja, ja, nein. Grundwortschatz, Seite 7, quasi erste Seite im Wörterbuch. Und noch mal:

„Evet – hayır – evet – dört-beş gün için ... bakalım! – galiba[1].“

---

[1] Ja – nein – ja – für vier, fünf Tage ... mal sehen – glaube schon.

Dann schaute sie auf ihre Armbanduhr.

„Var, bir buçuk saat sonra?!"

Ja, in eineinhalb Stunden, hieß der letzte Satz in etwa. Seite 76, unter *„Eine Verabredung treffen"*. Der Rest stand nicht drin. Aber allein für diesen Satz hatte ich schon ziemlich lange gebraucht, ehe ich ihn überhaupt gefunden hatte. Und deswegen nicht mitbekommen, dass der Anruf bereits seit geraumer Zeit wieder beendet war. Denn sie hatte sich inzwischen schon einen beigefarbenen Rock und ein dunkelgrünes, ärmelloses DKNY-Shirt angezogen. Ich beschreib es nur deshalb so genau, weil ihre ohnehin gute Figur in den Sachen verflucht gut aussah, ich aber die Ankleide-Aktion verpasst hatte.

In eineinhalb Stunden wollte sie sich mit jemandem treffen, reimte ich mir, den Inspector aus dem Buch nachahmend, zusammen. Wenn es ein Typ war, würde er sich bei dieser Optik freuen. Unter Umständen hatte der sie sich sogar gewünscht. Das würde selbst hier in diesem Land nicht anders sein. Kurz überlegte ich, ob ich sie aus irgendeinem Grund noch abpassen sollte, um mich mit ihr für später zu verabreden. Nach dem Motto belebende Konkurrenz. Aber es war nur eine weitere dumme Idee von mir. Plump und durchschaubar. Vor allem weil mir einfach kein vernünftiger Satz dafür einfiel. *Hallo du, seit drei Tagen hocken wir hier und reden nichts, hast du Lust das zu ändern und einen Kaffee mit mir zu trinken?* Genial bekloppt! So schnappte ich nur schnell mein Handy und machte

ein Foto. Dann schaute ich ihr hinterher und spe-
kulierte auf morgen. Gleiche Zeit. Gleicher Ort.
Meine Reiseplanung hatte ich ohnehin vorgestern
Nachmittag aufgegeben, weil ich schon da für den
nächsten Tag auf das Gleiche hoffte. Nämlich; sie
hier zu treffen. Sie verschwand auf dem Weg zum
Parkplatz, ohne sich umgedreht zu haben. Ohne
ein Anzeichen dafür zu hinterlassen, nun den
dümmsten Satz von mir zu erwarten. Und ohne
dass ich mir etwas hatte einfallen lassen müssen.

ertesi gün – am nächsten Tag

„Du bist ja nicht zu übersehen."
Die ganze Nacht hatte ich für diesen Satz gebraucht.
„Meinst du?"
Ihr Blick fiel aus gut eineinhalb Metern auf mich
herunter. Ohne den Kopf dabei zu senken. Gleichzeitig zog sie sich das Shirt über, das sie in Händen
gehalten hatte. Schlussvorstellung für den mintfarbenen Bikini und die Haut dazwischen. Diese unvermutet hell, in der Sonne matt schimmernd.
Nicht ein Pölsterchen. Der Rest der Frauenwelt
würde neidisch werden. Maximal eine Handvoll
Sekunden hatte sie mir diesen Anblick gegönnt.
Schon war sie drei Schritte weitergelaufen. Wieder
schaute ich ihr nur nach, in der gleichen Haltung
wie gestern Nachmittag. Für einen Augenblick
hatte ich das Gefühl, seitdem unverändert hier zu
sitzen. Angewurzelt seit gestern. Eigentlich seit
Tagen. Seit vier, um genau zu sein. Aber immerhin.

14

Jetzt blieben mir ihre Beine. Aus nächster Nähe. Leider eher fünfzehn Meter. Ich nestelte in meinem Rucksack herum und holte nun die kleine Kamera heraus.

„Kommst du hier aus der Gegend?", rief ich ihr hinterher. Plötzlich mutig geworden und in der Hoffnung; sie würde stehen bleiben, aber mir gleichzeitig vollkommen im Klaren darüber, dass die Frage nicht besonders intelligent war. Doch blieb sie nicht stehen und so war sie, als die Kamera endlich einsatzbereit war, im Display nicht größer als ein Fleck. Auch als Erinnerungsfoto zwecklos.

„Was geht dich das an?", hörte ich sie, „Willste 'n Buch über mich schreiben oder was?" Weitere fünf Schritte. Die perfekten Beine – Steffi Graf belegte in dieser Kategorie bis vor ein paar Tagen den ersten Platz – längst von Gestrüpp und Büschen verdeckt.

„Könnte sein", erwiderte ich belustigt in ihre Richtung und mehr zu mir selbst. Im Grunde genommen also nicht laut genug.

„Dann kannst du ja loslegen, jetzt weißt du ja alles." Demnach Ohren wie ein Luchs. Mein Spruch war nicht leise genug gewesen. Sie hatte mich doch gehört. Weg war sie. Ich richtete mich grinsend auf und versuchte herauszufinden, wohin sie lief. Doch war sie ein weiteres Mal wie vom Erdboden verschwunden. Dabei war das Buschwerk hier wirklich nicht allzu hoch. Okay, verloren, dachte ich. Anfängerfehler. Ich schaute mich noch einmal um, geknipst hatte ich nicht, ließ mich dann aber auf meine Decke zurücksinken und griff wieder nach dem Buch neben mir. Der Inspector hatte jetzt einen Typen eines Sozialamts in der Mangel. Ich hoffte, er würde dem arroganten Idioten gehörig in den Hintern treten. Nach nicht einmal drei Seiten tat er mir den Gefallen.

Minuten später sah ich sie gute vierzig Meter von mir entfernt über das hintere Ende in die Bucht zurücklaufen. Aus dieser Entfernung nicht am Mintgrün erkannt, sondern an den langen Haaren. Der Bikini war unter dem übergroßen Shirt ohnehin kaum noch zu sehen. Höchstens als Ahnung. Wieder keine Chance für ein vernünftiges Foto. In ihren Händen eine Tüte. Dass ich vorhin hier oben gesessen hatte und wir sogar dreieinhalb Sätze gewechselt hatten, spielte keine Rolle mehr. Sie würdigte meinen Platz auch jetzt mit keinem Blick. Setzte sich und zog erst dann das Shirt wieder aus. Wusste also, dass ich nicht viel von ihr sehen konnte, wenn sie sich hinlegte und ich hier oben blieb. Außer, ich würde wie ein Leuchtturmwärter nach ihr Ausschau halten.

Ich überlegte, ob ich nicht runter ans Ufer gehen sollte. Aber auf dem direkten Weg käme ich nicht einmal in ihre Nähe. Ein Umweg an ihr vorbei wäre daher ein etwas kläglicher Versuch gewesen. Das war's dann wohl mit einer Unterhaltung für heute. Andererseits hatte ich nicht den Eindruck, sie genervt zu haben. Sicher hätte sie ansonsten ihre Sachen gepackt. Wenn ich also brav bliebe?! Immerhin war sie vorher absichtlich oder nicht bei mir vorbeigelaufen. Sie durchsuchte derweil ihre Tüte, holte eine Flasche Wasser heraus, trank einen Schluck und legte sich hin. Die Haare fein säuberlich über dem Kopf auf dem Handtuch verteilt.

Seufzend griff ich in meinen Rucksack und holte ein Notizheft heraus. War keine schlechte Idee von ihr, wenn ich mich schon nicht traute; Fotos zu machen, wollte ich wenigstens ein paar geschriebene Erinnerungen haben. So würde mich das Mintgrün bei jedem Lesen an diese Gegend erinnern. Und wenn ich doch mal ein paar Fotos machen sollte, die Gegend auf diesen an sie. Überhaupt, Mintgrün, das war ein guter Anfang. Ich drückte auf das Ende des Kugelschreibers und legte los, so wie sie gemeint hatte.

boş ver

„Was schreibste denn da?"
Verblüfft schaute ich auf. Wieder mit einer Tüte in der Hand stand sie über mir. Schwarzer Rock, enges rosafarbenes Shirt mit Glitzerschrift. Die Haare mit einem Band gebändigt. Das hatte Klasse. Zum ersten Mal stellte ich mir die Frage, wie alt sie sein mochte, und fühlte mich zu alt.

„Du hast doch gesagt, ich soll ein Buch über dich schreiben."

„Hä?"
Sie wischte mit einer Hand vor ihrem Gesicht herum. À la Scheibenwischer.

„Plemplem oder was?"

„Nö, du hast doch gemeint, ich wüsste jetzt alles. – Da, den Anfang hab' ich schon."

Ungläubig fixierte sie mich und nahm das Notizheft, ohne mich aus den Augen zu lassen. Drei unendliche Sekunden. Dann las sie: *Ihr mintfarbener Bikini leuchtete gut sichtbar über der Bucht. Seit nunmehr drei Tagen jeden Nachmittag ... Wenn sie heute in meine Nähe käme, würde ich mir etwas einfallen lassen müssen.*

„Du spinnst ja nicht schlecht."

„Wie man's nimmt."

„Und was wird das, bis es fertig ist?"

„'ne Geschichte über dich."

„*Aman Allahım!*[2] Das geht ja nun gar nicht! Du hast doch null Ahnung. Du sitzt hier in der Sonne. Guckst mich seit Tagen wie 'n Tier im Zoo an. Und überlegst dabei wahrscheinlich, wie krieg ich die Alte da rum. Das ist alles."

Ich kniff meine Lippen zusammen und wackelte mit dem Kopf.

„So in etwa."

„*Eyvah! Boş ver!*"

„Bitte?"

Sie verzog das Gesicht.

„Ver – giss – es!"

„Heißt das?"

„Heißt das!"

„*Adın ne?*"

„Kannste jetzt doch Türkisch?"

„Wörterbuch."

---

[2]   Ach du meine Güte!

Ich machte ein entschuldigendes Gesicht.

„Tanem."

„Heißt Wörterbuch?"

„Heiße ich, ha!"

Ihr Lachen ließ die Erde neben mir beben.

„Bist du eigentlich immer so tough?"

„Tough? *Çüş! – Ich* bin normal!"

Wieder wackelte der Boden und mir wurde warm im Gesicht. Ihr Aussehen und unsere Unterhaltung ließen keine andere Reaktion von mir zu. Eben hatte ich noch den Eindruck, schon seit Stunden mit ihr zu reden, da war eine Sekunde drauf alles schon wieder vorbei. Sie ließ das Heft auf meine Matte fallen, drehte sich um und lief zu ihrem Platz hinunter. Die Hand wedelte noch einmal vor ihrem Gesicht. Als Entschädigung dafür wieder diese Beine. Ohne das dämliche Grünzeug davor. *Çüş!* Echt der Hammer. Überrascht von ihrer Reaktion war ich allerdings sprachlos geblieben.

Längst war sie zwischen den kleinen Sträuchern in ihrem grünen Kastell angelangt. Halb sitzend zog sie Rock und Shirt aus. Der kurz sichtbare, gestreifte Bikini war so gut wie der von gestern. Anerkennend zog ich die Augenbrauen hoch und war mir nicht sicher, ob es nur an dem Bikini lag. Dann war auch mit dieser Ansicht Schluss. Man durfte mir gegenüber ja nichts übertreiben. Ich grinste wieder, aber mein Kopf blieb dafür blockiert. Mir fiel partout nichts ein, was das Gespräch hätte fortsetzen können, vielmehr viel zu viel. Somit beugte ich mich lediglich vor und griff nach dem Notizheft. *Eine Touristin, die sich, wie der Tourist schräg oberhalb von ihr, sicher mehr von dieser Küste versprochen hatte. Aber die, wie er, nicht wusste, wo es besser sein könnte.*

Die Idee war wirklich gut und sie wirklich überzeugend. Ich legte das Heft aufgeschlagen neben den Rucksack, zog meinen kleinen Laptop aus ihm heraus und tippte die ganzen handgeschriebenen Sätze ein. Mir war, als wenn Tanem mir durch das Display und die Zeilen dabei zusah. So flossen die Zeilen von selbst die Seiten hinunter. Ab und zu schaute ich auf. Doch sie überprüfte nur hin und wieder das Meer, das Display ihres Handys und in einer mitgebrachten Illustrierten die aktuellen Aufenthaltsorte, Eheprobleme und Verhältnisse der VIPs. Nach einer guten Stunde hatte ich schon sechs, sieben Seiten geschrieben, als sie neben mir auftauchte. Im schwarzen Rock und dem rosafarbenen Shirt mit Glitzerschrift. Nur ein kurzer Blick auf den kleinen Bildschirm, dann:

„Görüşürüz!"

Wir sehen uns! Wörterbuch Seite 39. Das klang nach einem Versprechen.

Hadi! – Los jetzt!

„*Aman Allahım!* Meine Güte hast du mich er-
schreckt."
Tanem riss den Mund auf, verdrehte die Augen
und schlug sich auf die Brust. Sie schien tatsächlich
für eine Sekunde keine Luft zu bekommen.

„Ich sitz hier sicher schon 'ne halbe Stunde",
entgegnete ich.

„Kein Grund, mich so aufzuscheuchen."

„Hast du mich nicht gesehen?"

„Wie denn, wenn ich hier liege und die Augen
zu hab'. Mann, das geht ja nun gar nicht, wenn ich
nur dran denke …"

„Tschuldigung, kann ja auch nichts dafür, dass
ich plötzlich niesen muss."

„Niesen? Da fliegt einer in die Luft neben mir,
als wenn eine Bombe explodiert, und du nennst das
niesen. Echt klasse. *Harika!*"

„Kann ich's wiedergutmachen?"

„Hä? Gutmachen? – Willst mich jetzt wohl an-
machen?"

„Nö, aber wir könnten später einen Kaffee trinken gehen. Ich lad dich auch ein."

„Das ist ja wohl das Mindeste."

„Denk ich auch."
Bevor sie etwas sagen konnte, fragte ich:

„Du kommst aus Stuttgart?"
Der Kopf ruckte wieder in die andere Richtung.
Das Meer war nicht beunruhigter als vorher.

„Was willst du?"

„Na, ein bisschen erzählen, denn nachher beim Kaffee sollte ich ja wissen, mit wem ich's zu tun hab. Aber wenn du nicht willst, verzieh' ich mich wieder."

Schon machte ich die Bewegung, die ein Aufstehen andeuten sollte. Sie zögerte, wartete oder wägte ab. Statt einer sofortigen Antwort legte Tanem sich hin und streckte ihre Arme nach hinten. Verstohlen betrachtete ich sie und nickte aufs Neue bewundernd mit dem Kopf. Ich hätte schwören wollen, sie glaubte, auch das sei das Mindeste. Gerade als ich wirklich aufstehen wollte, meinte sie:

„*Umurumda değil,* ist mir egal! Kannst bleiben. Geh mir nur nicht auf den Wecker."

„Ich bin still."

Sie nickte und schloss die Augen. Gewährte mir einige weitere lange Blicke auf ihren Körper, dem rein gar nichts fehlte und an dem nichts zu viel war. Um das zu beurteilen, sind fünf Meter besser als fünfzig. Wie ich fand, war ihr offenherziges Verhalten auch für eine junge Deutschtürkin nicht unbedingt typisch oder selbstverständlich. Aber vielleicht hatte sie inzwischen auch nur meine Ungefährlichkeit festgestellt.

Nachdem ich glaubte, erst einmal genug von ihrer Ansicht abbekommen zu haben, ohne Gefahr zu laufen, unzurechnungsfähig zu werden, stand ich auf und ging zum Wasser hinunter. Ein weiteres halbes Dutzend Schritte und ich hatte keinen Boden mehr unter den Füßen. Weiter links wäre eine flachere Stelle gewesen. Das wusste ich von gestern. Mich auf dem Rücken treiben lassend schaute ich zu ihr zurück.

Einer der kleinen Büsche verdeckte sie wieder fast vollständig, ließ nur wenig von ihr durchschimmern, bewies aber dadurch, dass sie immer noch lag. Ich machte ein paar Züge zur Seite. Der Strauch gab dadurch langsam den Blick auf sie frei. Im gleichen Moment richtete sie sich auf. Hätte ich in anderen Situationen, in einem Freibad zum Beispiel, damit gerechnet, nun ein erfreutes Winken zu sehen, wäre das nach den letzten Tagen zu vermessen gewesen. Gleichgültig wirkend verfolgte sie mich. Nun war ich es, der winkte und ein *Komm* mit einer Hand und meinem Mund andeutete. Ihre Antwort, ein Zeigefinger, der an ihrer Schläfe kreiselte.

Nicht allzu schnell kehrte ich ans Ufer zurück und schlenderte hoch zu ihrem Platz. Eine Körperlänge vor ihr blieb ich stehen.

„Das Wasser ist super.“

„Kann schon sein. Wenn ich aber da reingeh', ist mit Kaffee trinken gehen erst mal nix.“ Tanem deutete auf die Haare. „Haste 'ne Ahnung, wie lang die brauchen, um zu trocknen. Da hast du's mit deinen paar dünnen Strähnen leichter.“

„Aber ist doch warm heute“, schmunzelte ich.

„Mit nassen Haaren *und* einem fremden Mann ins Café im Dorf. Sonst noch was? Fremder Mann reicht dann völlig. Da muss ich nicht noch für weitere Gerüchte sorgen.“

„Gerüchte?“

„Ja und das geht ja nun mal gar nicht!“

„Bis wir da sind, sind die trocken. In einer halben Stunde passiert viel."

„Nee, nee. Lass mal. Ist auch schon spät genug. – Wir müssen eh fahren, wenn du's mit einem Kaffee ernst meinst, oder willst du die zehn Kilometer laufen?"

„Das heißt, du kommst mit?"

Sie hob mit einer Hand ihre Kleider auf und wedelte mit der anderen.

„*Hadi!*"

„Hmh?"

„Los jetzt!"

„Bin schon fast fertig."

Die Wärme hatte mich schon so gut wie getrocknet. Ich ging zu meinen Sachen hinüber, schlüpfte in meine Jeans und stand eine halbe Minute später mit schon fast zugeknöpftem Hemd neben ihr. Mit einem breiten Lächeln schaute ich sie an.

„*Karnın aç mı?*"

Hast du Hunger? Seite 24. „Essen gehen".

„*Elbette!*"

Hieß sicher logisch, aber klar doch oder Ähnliches. Eine etwas drollige Süffisanz war in ihrem Ton auch dabei.

„Also dann. Ich nehm' dich mit. Mein Wagen steht ja da drüben. Na ja, nich' meiner, aber …"

„Geklaut? Oder was?"

Wie man jemanden verwundert, hatte sie raus. Keine Frage. Schon war sie auf dem Weg zum alten FIAT auf dem bald zweihundert Meter entfernten Parkplatz. Amüsiert sah ich zu, sammelte meine restlichen Sachen zusammen und trottete mit ihnen langsam hinterher. Sie schielte durch die Seitenscheibe hinein. Ihre Hände in die Seiten gestemmt. Als ich dann keine zehn Meter hinter ihr stand, flog ihr Kopf mit den Haaren herum.

„Bu dört tekerlekli bir çöpkutusu mu!"

„Was?"

„Ich dachte, du könntest wenigstens etwas Türkisch."

„Ich schreib leider auf Deutsch, aber du könntest es mir ja beibringen", erwiderte ich, als ich sie erreicht hatte.

„Vielleicht ist es besser, wenn wir meinen nehmen?! Das ist ja eine Müllkippe auf 4 Rädern! – Genug gelernt?"

„Bakalım!"

„Also verarschen kann ich mich alleine. Kannst also doch Türkisch."

„Klar! *Merhaba, güle, teşekür ederim und bakalım[3].*"

„Reicht nicht. Damit verhungerst du hier."

„Ich hatte gehofft, das Wörterbuch würde weiterhelfen, aber die Aussprache ist nicht immer leicht. – Kannst mir ja während der Fahrt ein wenig Unterricht geben. Ich lerne gern was Neues." Ich lächelte sie etwas frech an.

Ihr Kopf drehte sich abrupt zu mir. Neutraler konnte ein Blick nicht sein. Dann doch eine Regung. Ihre Brauen schoben sich in die Stirn. Mit riesigen Augen meinte sie dann:

„Sonst noch was?"

---

[3] Guten Tag, tschüss, danke und wir werden sehen.

Die halbe Stunde war zwar nur geschätzt, aber tatsächlich nicht übertrieben. Die schmale, winkelige und von Schlaglöchern übersäte Straße erlaubte kaum mehr als 30 Stundenkilometer. Ab und zu. Schon der dritte Gang war auf dieser Strecke nutzlos. Ich fühlte mich wie ein Bobfahrer ohne Eis und ließ den Wagen, so gut es ging, rollen. Links und rechts ein paar Haselnusssträucher inmitten der Macchie, über die hier und da eine riesige Pinie wachte. Dazwischen wilder Rosmarin und verblühte Zistrosen. Der Horizont wurde gekrönt durch die dicht bewaldete Kuppe eines Berges.

„Meinen Onkel solltest du hier mal sehen. Der fährt wie 'n Rennfahrer."

Ich schielte zu ihr rüber und klopfte aufs Lenkrad.

„Mit dem besser nicht. Ist ein Mietwagen. Und nicht besonders neu."

„Nicht versichert?"

„Doch schon. Aber wir sollten den Tag überleben."

„Für was?"

„Hä?"

„Ach, war nur 'n Spaß. Ich red' manchmal Blödsinn."

Café war schlichtweg übertrieben. Jedenfalls, wenn man an französischen Chic, deutsche Sauberkeit oder italienische Speisekarten dachte. Irgendwo in einer Ecke flimmerte der obligatorische Fernseher. Gerade sangen ein paar junge Mädchen hüpfend ein Lied. Nicht besser als in unseren Shows. Die Kamera drehte ihre Runden um sie und verhinderte damit, sie genauer betrachten zu können. Nur das Publikum im Saal durfte etwas mehr nackte Haut sehen. Dafür gab es dort den besten *kahve* seit Langem. Der war von solchen Dingen nicht abhängig. Der war hier wohl schlicht selbstverständlich. Ich bestellte mir deshalb gleich einen weiteren, verbunden mit dem Risiko, heute Nacht kein Auge zuzumachen. Vielleicht dürfte ich ja zum Ausgleich noch ein paar Stunden Tanems Begleiter spielen. Ihren Wagen mussten wir ja auch noch holen.

„*Karnın aç mı?*", wollte ich von ihr wissen.
Tanem lehnte sich zurück und lachte.

„Was ist?" Meine nächste Frage. Sie schüttelte den Kopf.

„Ach, ich dachte, ich tu dir mal was Gutes und lache." Ihre Antwort.

„?"

„Du tust dauernd so, als wenn du der große Türke wärst, aber ..."
In diesem Moment signalisierte ihr Handy auf dem Tisch rüttelnd eine eingegangene SMS. Mit einem schnellen Blick zur Seite wischte sie über die gläserne Oberfläche.

„Und?"

„'ne Freundin." Knapp genug, damit ich keine weiteren Fragen stellte.
Dafür stand der kleine schnauzbärtige Wirt neben unserem Tisch. Genau in dem Moment, als ich die nächste dusselige Frage stellen wollte: *Arkadaş var mı?* Wörterbuch, Seite 37, „*Kleiner Flirt*". Hast du einen Freund?

„*Canım çorba istiyor*", sagte sie zu dem gutmütig dreinschauenden Mann und tippte auf eine Stelle in der Speisekarte. War sicher keine Erklärung für das Fragezeichen in meinem Kopf. Er nickte und schaute mich an. Meine Verwirrung und wirbelnde Hand zeigte ihm, dass ich das Gleiche wollte. Er nickte und notierte es.

„Siehst du, jetzt weißt du nicht, was du zu essen bekommst – du großer Türke. Deshalb hab' ich gelacht."

„Und ich wieder etwas gelernt."

„Du machst Urlaub hier?"

„So wie du."

„Es hätt' ja sein können, dass du wieder hier lebst, weil ..."

„... ich mit dem Millionengewinn in meinen Tüten nicht weiß, was ich den ganzen Tag über machen soll."

„Wär' doch schön, wenn so was ginge."

„Ich spiel kein Lotto."

„ ? "

„Glück ist was anderes!"

Sie musterte mich, löffelte den Rest Suppe aus dem Teller und schob ihn anschließend weg. Ich tat es ihr nach.

„*Eline sağlık*", sagte sie zu dem Mann, der daraufhin lächelnd den Teller wegräumte. Ich wollte dasselbe sagen, traute mich aber nicht. Es hätte zu fürchterlich geklungen. Also nickte ich nur heftig, was wie ein krankhaftes Wackeln aussah, und beließ es bei einem:

„Teşekür ederim!" Mehrfach geübt, daher einigermaßen gut klingend.

„Bir şey değil." Gern geschehen.

„Was hast du noch vor?", wollte ich jetzt wissen.

„Heute?"

„Überhaupt so in den nächsten Tagen?"

Kurzer Kontrollblick, dann:

„Am Montag kommt eine Freundin. Die hat leider nur eine Woche Urlaub bekommen. War eigentlich anders geplant."

Tanem zuckte mit der Schulter.

„Den Rest hast du ja fast lückenlos mitbekommen."

„Morgens ausschlafen demnach. – Wo wohnst du?"

Ihr Blick untersuchte meinen, schien in den Worten danach zu forschen, was ich wohl noch alles herausfinden wollte. Doch nach kurzen Sekunden ging es weiter:

„Bei einer Tante. – Schlecht für 'n Besuch, falls du das wissen wolltest."

„Ich könnt' dich trotzdem hinfahren oder morgen abholen. Du kennst die Gegend hier sicher besser als ich. Ich … ich werd' dir auch nicht auf den Wecker fallen. Es ist nur … weil …"

„Ist schon gut. Ich weiß, was du meinst. – Aber hinfahren ist nicht. Ich muss erst noch das Auto holen, ist nämlich ihres."

„Also abholen?"

Forschender Blick Teil vier.

„Morgen geht noch. Aber am Sonntag ist das Haus voller Besuch. Familientag. Da kommen dann Cousinen, weitere Tanten und Onkel und ein kleiner Neffe von mir. Manche hab' ich schon seit Jahren nicht gesehen. Da kann ich nicht weg, weil ich helfen sollte und es auch will. – Fahr mir nachher bis zum Dorf hinterher. Wenn ich abbiege, ist es das fünfte Haus auf der linken Seite."

Ereğli

Keine Ahnung, was ich mir gestern Abend vorgestellt hatte. Jurten, Indianerzelte oder diese sogenannten *Gecekondus,* über Nacht hingestellte zerbrechliche Wohnbehältnisse armer Leute. Obwohl mich mein Reiseführer mit seinen Fotos bestens aufgeklärt hatte. Denn es war ein ganz normales Haus. Eines, wie es bei uns in jedem Ort um die Ecke gebaut wurde. Mit Garage und Vorgarten. Es fehlten lediglich die Blumentröge voller Geranien. Nur die anderen Pflanzen drum herum erinnerten an ein südliches Land. In meiner Aufregung hatte ich in der werdenden Dunkelheit nichts davon mitbekommen oder nicht richtig hingesehen. Jedenfalls hatte ich mich nicht hinreißen lassen und sie *angemacht,* sondern nur mit einem langen Arm ihr die Hand gegeben. Sogar auf dem Parkplatz hatte ich, nachdem sie recht flott ausgestiegen war und noch einmal in den Wagen schaute, bevor sie in ihren einstieg, nicht mehr gesagt als *Bis später.* Jetzt war ich ausgestiegen und sah verstohlen auf das Haus. Keine Minute später stand Tanem in der Tür.

„Du musst schon klingeln und dann reinkommen. Nur abholen gibt's nicht. Mindestens ein *çay* muss getrunken werden."

Ihre Haare waren allesamt wie von einem Lineal gezogen akkurat nach hinten gekämmt und zu einem dicken Zopf geflochten. Ungewohnt streng sah sie nun aus. Und über dem schulterfreien DKNY-Shirt trug sie trotz der sommerlichen Temperaturen eine leichte, aber langärmelige Jacke, die Reste der sonst nackten Schulter und ihren Nacken bedeckte. Tribut an eine für mich unbekannte Heimat?

„*Merhaba, nasılsınız?*", stotterte ich fast. Wörterbuch, Seite 9.

„Guten Tag. Danke, gut. Ich hoffe Ihnen auch. Tanem hat schon einiges von Ihnen erzählt."

Modisch und unverschleiert. Warum wunderte mich das? Atatürk hatte ja vor Dutzenden von Jahren die Verschleierung abgeschafft. Auch wenn dieser Erdoğan es am liebsten wieder rückgängig machen würde. Ich wurde rot und schaute betreten auf den Boden. Und das Deutsch der Tante war besser als jede Fremdsprache, die ich irgendwann einmal glaubte, in der Schule gelernt zu haben. Trotzdem sprach ich die nächsten Worte betont langsam.

„Ich hoffe, nur Gutes."

Sofort biss ich mir auf die Zunge. Was für ein bescheuerter Satz von mir. Da hatte ich gedacht, die Reiseführer genügend studiert zu haben, und benahm mich nun wie ein Trottel. Zumal in meiner

31

Nachbarschaft genug Türken lebten, die ich tagtäglich sah und grüßte. Welche Vorstellungen hatte ich nur von diesem Land?

„Sie können unbesorgt sein." Ihr Lächeln glich Tanems verblüffend.

Mit einem komisch grinsenden Mund im Gesicht blieb ich stumm wie ein Fisch. In meinem Kopf schossen die merkwürdigsten Gedanken herum. Was alles hatte Tanem ihr wohl erzählt?

„Nun kommen Sie erst einmal herein."

Sie machte einen Schritt zur Seite. Drinnen ein Spiegelbild der Wohnung meiner Eltern, Nachbarn oder Freunde. Bilder, Teppiche und normale Schränke. Ein gemütliches Sofa mit hoher Lehne. Davor, wie bei uns, ein Wohnzimmertisch. Keine Kissenstapel und Wasserpfeifen. Hier saß keiner auf dem Boden. Würde ich einen Blick in die Küche werfen, hätte ich sicher ein Schildchen von Alno oder Zeyko gefunden.

„Mein Mann kommt auch sofort. Er wollte bei einem Nachbarn noch etwas besorgen." Plötzlich musste sie schmunzeln: „Das kann bei uns etwas dauern."

Sie deutete mit einer Hand auf das Sofa.

„Nehmen Sie doch bitte Platz. Ich hole nur den Tee."

Als sie zur Tür hinausgegangen war, musste mein Blick voller Fragezeichen gewesen sein. Tanem beantwortete die ersten.

„Sie haben fast vierzig Jahre in Deutschland gelebt, ganz in der Nähe von uns. Im Gegensatz zu meiner Mutter wollte sie unbedingt Deutsch lernen. Das war damals alles andere als eine Selbstverständlichkeit. Die meisten dachten doch, im Jahr darauf wieder hierher in die Heimat zu kommen. Aber so wurden es immer nur Urlaube, bis sie endlich vor drei Jahren hierher zurückgekehrt sind. Das Haus hatten sie von ihrem ersten deutschen Geld angefangen zu bauen und im Lauf der Jahre immer wieder verändert. Jetzt sieht es aus wie das in Deutschland."

Ich saß wie ein Konfirmand auf dem Sofa und nickte. Gleich darauf stand ihr Onkel im Wohnzimmer. Herzlich und freundlich lachend. Kein Beäugen, kein nichts. Er hätte ein Bruder des Wirtes von gestern sein können. In der einen Hand eine Flasche, in der anderen Gläser.

„Haben Sie gehabt gute Reise?"

Ich hatte mich heute wohl auf wortloses Nicken spezialisiert.

„Woher kommen aus Deutschland?"

„Aus der Nähe von Stuttgart."

In meinen Augenwinkeln sah ich Tanems verwunderte Reaktion. Wir hatten über weiß Gott was für Sachen gesprochen, aber darüber nicht. Nach wie vor war das mit dem Flughafen Stuttgart, den ich vor Tagen dachte, bei ihrem Telefonat aufgeschnappt zu haben, von mir nur eine Ahnung.

„Ah! Haben wir gearbeitet."

Die Ahnung wurde bestätigt.

„Bei Daimler wahrscheinlich."

„Ja! Autos gebaut. Tanem Papa und ich. Draußen steht eine."

Er lehnte sich nach vorne und schenkte mir zuerst Wasser und dann einen guten Schuss Raki ein.

„*Rakı sevmem!*", sagte Tanem freundlich zu ihm.

„Ich mag keinen Raki", zu mir, dann schob sie mir ein Glas hin, gut gefüllt. „Ich kann ja nachher fahren."

Über eine Stunde erzählten wir einander über Deutschland, Beruf, das Leben hier und dort. Über den Respekt, den sie für Deutschland hatten und über mein Unwissen bezüglich der Türkei. Was ich dabei alles erfuhr, hatte nirgendwo gestanden. Manches handelte von Enttäuschungen, wie von der, nie richtig anerkannt worden zu sein oder keine richtigen Freunde gefunden zu haben. Selbst nicht unter denen aus der ehemaligen Heimat. Davon, dass bei Daimler auch nur Landsleute neben ihm gearbeitet hatten und so kein Deutsch gesprochen werden konnte. Und dass in der Straße, in der sie wohnten, die meisten Leute sie nur selten grüßten. Manches davon, dass nach ihrer Rückkehr der vorgefundene neue türkische Staat nicht unbedingt besser sei. Doch manches war auch einfach erfrischend normal. Dusselige Politiker, komische Fernsehserien und unerklärliche Preissteigerungen gab es überall. Tanem hatte in dieser Zeit, außer diesem einen Satz vorher, nichts gesagt. Manchmal musterte sie mich, vielleicht, um dahinterzukommen, warum ich zum Beispiel meinen Wohnort verschwiegen hatte. Irgendwann standen die beiden Frauen, als wenn sie sich abgesprochen hätten, miteinander auf und gingen in die Küche.

Tanems Onkel linste zur Tür und schenkte mit einem fröhlichen Grinsen kräftig nach.

„Ich gemacht Kehrwoche als Erster, jetzt alle."
So ging es eine halbe Stunde weiter. Nach dieser wusste er meinen Beruf, das Alter, woher ich kam, ob ich verheiratet war und Kinder hatte und wie viel ich verdiente. Schlicht und einfach ausgefragt. Angewandte hohe Schule der Neugier. Ich dachte wieder an den Inspector im Buch. Allerdings dämmerte dies mir erst, als er nun wissen wollte, was ich denn so von Tanem hielte. Mit hochrotem Kopf fing ich an zu stammeln und er meinte:

„Sie nicht finden den richtigen Mann, ich ..."
Weiter kam er nicht. Denn die beiden Frauen kehrten mit Tabletts voller *börek, lahmacum* und *peynirli*, gefüllten Teigtaschen, pizzaähnlichen Fladen und Käsesandwichs zurück. In einer Menge, die Tage reichen müsste. Ich sah in Tanems Gesicht und hatte den Eindruck, ihr Gespräch in der Küche hatte den gleichen Inhalt wie meines mit dem Onkel. Man wusste nun also Bescheid oder auch nicht. Dann schaute ich wohl etwas zu kritisch auf die großen Portionen.

„Keine Sorge", meinte ihre Tante, „ihr werdet nachher noch genug Zeit für einen Ausflug haben. Im Grunde genommen gibt es hier in der Gegend eh nicht viel zu sehen. Außer der schönen Landschaft. Aber mir leerem Magen ...?! Und mitnehmen könnt ihr auch davon, dann habt ihr heute Abend etwas für ein gutes Picknick. Bei uns wollt ihr ja nicht ..."
Blinzelte sie etwa mit einem Auge?

Für die sechzig Kilometer brauchten wir eine gute Stunde, dann fuhren wir über einen Hügel auf die Bucht von Ereğli zu. Die Stadt war alles andere als eine hässliche Industriemetropole. Die rauchenden Stahlwerke, die die Leute in Lohn und Brot brachten, lagen in ihrem Rücken von dem grünen Hügel verborgen und wurden höchstens durch die Spitzen der Schornsteine sichtbar. Sah man den Hügel hinauf, erinnerte er sogar an Stuttgart. Weinsteige. An manchen Stellen teure Villen umgeben von parkähnlichem Grün. Zwei Kurven weiter: das Meer tiefblau, die Häuserfronten weiß, auch hier unten die Stadt wie ein Park zurechtgemacht. Letzteres war mir vor einer Woche gar nicht aufgefallen. Warum auch. Als geplanter Endpunkt meiner Fahrt war eigentlich Trabzon vorgesehen und die Fahrt dazwischen fürs Aufräumen in meinem Oberstübchen gedacht. Trabzon, fast mythische Stadt der alten byzantinischen und griechischen Kulturen, weit genug von zu Hause entfernt und in meinem Kopf nur mit dem Wissen aus Internet und einem schmalen Reiseführer versehen. Und von den nahezu verblassten Erinnerungen an Tarkan, Döner und Basare, als ich vor Jahrzehnten einmal in Istanbul gewesen war, angereichert. Mehr war auch nicht nötig. Ich hoffte, in diesem nahen und doch fremden Land den Abstand zu finden, den man braucht, wenn man beim Monopoly vergessen hatte, über Los zu gehen.

Aufräumen, Staub wischen, ordnen. Es war dringend notwendig geworden. Mein Leben hatte eine Schleifspur erhalten, die nicht einfach zugeweht werden konnte. Eine mit tiefen Rillen, viel Abrieb und losen herumflatternden Teilchen. Ein paar von diesen hatte ich aufgesammelt und mitgenommen. Schnipsel und Zettel, die an Einkaufszettel erinnerten und welche mit hoffentlich hilfreichen Sprüchen. Ähnlich den Fahrbahnmarkierungen oder Landkarten, die für einen guten Weg sorgen. Ich musste sie nur wie ein Puzzle richtig zusammenlegen, um das Motiv oder die Nachricht oder den nächsten Schritt zu erkennen. Am ersten Abend hatte ich sie in der kleinen Pension neben mir auf dem Bett ausgebreitet und studiert, obwohl ich sie alle auswendig kannte. *Erst wenn man stolpert, achtet man auf den Weg. – Auch ein Schritt zurück ist oft ein Schritt zum Ziel.* Und: *Leben heißt, es mit etwas zu tun haben – mit der Welt und mit sich.* Jedoch fand ich keine Ordnungshilfe in ihnen. Weder Wege noch Stationen noch irgendein noch so kleiner Tipp waren herauszulesen. Vielmehr dachte ich, auf plötzlich leere Blätter zu schauen.

Weit war ich also nicht gekommen. Sowohl auf meiner Reiseroute als auch im Oberstübchen. Tanem hatte mir in diesen beiden Dingen einen Strich durch die Rechnung gemacht. Ich kreuzte die Stichworte, die ich auf die Rückseiten geschrieben hatte, mit einem dicken Stift durch: Job, Familie, Wünsche, Erwartungen, Ziele und ein Dutzend mehr. Dafür hatte ich ihren Namen auf alle Rückseiten der Zettel geschrieben. Ich schob den Lieblingsspruch meiner Mutter unter die anderen Blätter – *Um zu erlangen, was du nicht weißt, geh dorthin, wo du nichts weißt –*, als sich das Blättchen, an einem anderen hängen geblieben, herumdrehte. Der einzige Zettel, auf dessen Rückseite ich noch nichts verändert hatte. Und ausgerechnet dieser. Ich las den anderen Namen, der auf ihm notiert war, zögerte, zog das Stück Papier wieder hervor, stand mit einem Mal auf *Los,* nahm in Gedanken die 4000 Euro, strich eher trotzig als mutig den Namen durch und schrieb Tanem darunter. Dick und fett. Dann schob ich ihn eilig, als hätte mich jemand ertappt, wieder zurück. Ich würde auf dem Flug nächste Woche zurück nach Deutschland, nicht nur diesen, sondern ein ganzes Päckchen mehr mit nach Hause nehmen. Ich hoffte, nicht nur ein Souvenir darin zu sehen.

Immer wieder zu ihr auf den Beifahrersitz hinüber schielend hatte ich den Eindruck, dass es ihr vielleicht ähnlich ging. Aber manchmal siegt in solchen Fällen auch die Einbildung und man fängt an zu spinnen. Doch war ich zu blöd, sie einfach zu fragen und darüber zu reden. Ich *wusste* nicht warum, ich *wusste* nicht wie, ich *wusste* nichts. Außer meinem Namen, Beruf und ein paar anderen Sachen hatte sie in diesen Tagen nichts erfahren. Die meisten davon sogar erst bei Onkel und Tante. Dass sie bislang nicht weiter nachgefragt hatte und zum Beispiel von mir meine Adresse wissen wollte, wunderte mich erst jetzt.

An dem eiförmigen Verteilerkreis am Atatürk Boulevard fanden wir eine Parklücke. Als wir ausstiegen, spielte im Musikpavillon an der unerwartet imposanten Promenade, hundert Meter von uns entfernt, eine Jugendkapelle, von rhythmischen Tänzen einer Kindertrachtengruppe begleitet. Im Gegensatz zu der Show im kleinen Fernseher des Cafés waren die Haare der Mädchen von Kopftüchern verhüllt. Doch nicht aus religiösen Gründen, sondern als Bestandteil einer Tracht. Dazu wurden aus ungewöhnlichen Instrumenten ungewohnte, aber faszinierende Klänge hervorgezaubert. Ich war so überrascht, dass ich einen Moment brauchte, bis ich die Autotür schloss.

Bei mir daheim lief fast ausnahmslos Musik vom anderen Ende, dem westlichen, Europas. Genauso in einem Urlaub entdeckt, als ich in einer Kneipe die neue CD eines spanischen Stars hörte. Ich schaute zu Tanem und ging einen Schritt auf die Bühne zu. Dort waren sie mit vollem Enthusiasmus dabei. Das Publikum, sicher über hundert Leute, klatschte in dem als Arena aufgemachten Halbrund eifrig mit. Unter ihnen nur eine Frau mit Kopftuch und langen Kleidern. Zwei Mädchen hatten sogar einen Minirock an und vielleicht nur wegen des Windes noch Leggins darunter angezogen. Die Männer hingegen im üblichen Anzug oder zumindest mit einem weißen oder hellblauen langärmeligen Hemd. Tanem ging an mir vorbei und stand kurz darauf auf halbem Weg.

„Ach, wie schön. *Daglar gibi dalgalari ...*“, sang sie leise mit und drehte sich mit einem Leuchten in ihren Augen wieder zu mir um. Langsam war ich ihr nachgegangen.

„Hmh?“, machte ich.

„Sturm und Wellen, hoch wie Berge, ist 'n Kinderlied. Hab' ich früher oft mit meiner Oma gesungen."

Ich nickte wie wissend und blieb einige Minuten hinter ihr stehen. Während sie die Bilder und Lieder wohl aus anderen Gründen als ich genoss. Denn ihr Duft und der des Meeres vermischten sich in dem leichten Wind auf provozierende Weise. Nach dem zweiten Lied sah sie mich an, nickte und wir schlenderten weiter. Abstand keine dreißig Zentimeter. Wir hätten also Händchen haltend nebeneinander gehen können. Wie ein gar nicht mehr so junges Pärchen, das uns entgegenkam.

Unser Spaziergang führte nicht weit. Die breite Promenade entlanglaufend, kamen wir auf der kurzen, wie zwei dicke Locken oder Krebsscheren in die Bucht hineinragenden Mole an. Links kleine Ausflugsboote und Kutter. Rechts ein paar Militärschiffe und Fischtrawler. Wir liefen an das linke Ende vor und setzten uns zwischen Ruderbooten auf ein paar Steine mit Blick zum Meer, als wenn wir in den letzten Tagen nicht genug davon abbekommen hätten. Fünfhundert Meter vor uns stachen die zwei Kaimauern von links und rechts in die Bucht und sicherten sie vor Ungemach. Hinter uns schrubbten ein paar Fischer und Angler ihre Boote und luden leere Kisten und Netze heraus. Tanem zog die Beine an und umklammerte die Knie. Wieder beobachtete ich sie aus den Augenwinkeln. Außer der Betriebsamkeit um uns herum war nichts zu hören. Das heißt: nicht von uns. Kein

Wort von ihr oder mir. Keine Fragen. Keine Antworten.

Das Bild vor uns lieferte entweder die Ruhe vor dem Sturm oder die längst vorhandene Harmonie. Blaues Meer, grüne Zipfel der Bucht, weiße Wolken am Himmel. In der dauernden Sonne ein fantastischer Kontrast. Meine Digitalkamera würde kläglich versagen alles entsprechend stimmungsvoll festzuhalten. Ich lehnte mich nach hinten und stützte mich halb liegend mit den Armen ab. So hatte ich eine wunderbare Aussicht. Tanem von der Sonne angestrahlt rechts, die ebenso beleuchtete Stadt auf einem Hügel links und mittendrin die tiefblaue Bucht. Die Tante hatte nicht ganz recht behalten, in der Gegend gab es bei diesem Licht durchaus viel zu sehen. Wie auf einem Schaukelstuhl sitzend pendelte Tanem nach einer Weile vor und zurück. Summte für einen kurzen Augenblick leise ein Lied. Nach einer Weile sah sie mich an, ihren Kopf dabei auf einem Knie abgelegt. Ihre Haare ein flatternder Vorhang. Kurz schien sie zu überlegen, doch dann fragte sie:

„Aus Stuttgart? Mann! Warum hast du nichts davon gesagt?"

„Ich wollte nicht, dass du glaubst, ich wollte mich deshalb anschmeißen."

„Deshalb anschmeißen?"
Klar! War natürlich wieder eine bekloppte Antwort von mir gewesen.

„Es hätte durchsichtig geklungen und dich vielleicht verschreckt."

„Mich verschreckt? – Was glaubst du, was mich verschreckt? – Du bist vielleicht ein komischer Kerl."

Meine Standardantwort: zusammengekniffene Lippen und Schulterzucken.

„Vielleicht?!"

„Und warum Türkei? Warum diese Gegend?"

Ich verzog ein wenig das Gesicht und zuckte mit der Schulter. In meiner Hosentasche waren die Zettel mit den Sprüchen. Aber das mit der Türkei konnte ich noch einigermaßen beantworten, daher fing ich an zu erzählen:

„Vor vielen Jahren lebte in unserem Dorf in der Nachbarschaft ein Türke. Wir trafen uns monatelang alle zwei Wochen im Bus, wenn ich zur Schule fuhr und er zu seiner Schicht. Er war da schon mehr als fünfzehn Jahre in Deutschland und sprach trotzdem ein ganz schlechtes Deutsch. Irgendwann saßen wir nebeneinander und er fragte mich: *Jungär Mahnn, was machen du für Schule?* Und ich sagte ihm: *Gymnasium.* Seine Augen leuchteten und er meinte: *Meine Kind auch.* Eine Viertelstunde später wusste ich seinen Namen, Özcan, und den seiner Tochter, Aishe, und wo er arbeitete. Am nächsten Tag erfuhr ich, warum er so schlecht Deutsch sprach: *Bei Arbeit links Türke, rechts Türke, wie sollen können Deutsch lernen?* Wie bei deinem Onkel also. Als wenn die Manager der Firmen es mit Absicht täten, damit die Männer sich nicht allzu sehr heimisch fühlen." Ich schüttelte verärgert den Kopf: „Aber er war immer guter

Laune und eines Tages lud er mich zu sich und seiner Familie ein. Das war für einen jungen Kerl wie mich damals etwas ausgesprochen Exotisches und ich zog mir feine Sachen an. Meine Mutter hat mir einen Blumenstrauß in die Hand gedrückt und eine Packung Kaffee. Nach dem Motto, du kannst da nicht mit leeren Händen auftauchen. Dann trabte ich los. Er hatte in einem nichtssagenden Neubau eine Wohnung gekauft, die bis auf einen Raum nicht viel anders aussah als unsere. Wir saßen mindestens drei Stunden in seinem Teezimmer und seine Frau brachte immer wieder kleine leckere Sachen, wie deine Tante, aber setzte sich nie dazu. – Das ging über ein halbes Jahr so. Manchmal war ich zweimal in der Woche dort, manchmal vierzehn Tage lang nicht ..."

Ich hatte das Gefühl, ins Schwafeln gekommen zu sein, und machte eine Pause, wendete meinen Kopf Tanem zu, weil ich prüfen wollte, ob sie die Geschichte überhaupt interessierte. Es interessierte sie, denn kaum hatte ich aufgehört zu sprechen, meinte sie:

„Und weiter?"

„Ich war damals ziemlich jung und eines Tages rief er nach Aishe. Seine Tochter. Die war noch jünger als ich. Sechzehn vielleicht. Bildhübsch. Haare wie du. Sie stand in der Tür. Schüchtern. Mit gesenktem Kopf. Das Kopftuch von den Haaren heruntergeschoben. In ihrem scheuen Blick funkelten trotzdem zwei lustige Augen. Und bevor ich was entgegnen konnte, sagte er, als sei es das Selbstverständlichste auf der Welt: *Besser eine gute*

43

Deutschmann, als nie Mann. Ich nix gehen in Türkei wieder. So sie nicht finden kann Türke."

Ich machte eine Pause, runzelte die Stirn und verzog den Mund. „Es wurde nichts aus uns. Ich glaube, am Ende war darüber keiner böse, aber ich habe von da an immer in das Land gewollt, das eine solch unglaubliche Gastfreundschaft bietet. Nicht, weil man mir ein Mädchen geben wollte", jetzt musste ich lachen, weil ich es so verdreht erzählt hatte, „sondern weil ich nie, in keiner Sekunde, auch nur ein böses Wort über mich gehört habe. – Und jetzt, wo ich hier bin, kann ich sagen, daran hat sich bis heute nichts geändert."

„Das erklärt ein bisschen, aber nicht alles."

„Und zeitlich früher hat das nie hingehauen." Zehn Prozent der Wahrheit.

„So viele Jahre nicht?"

„Mir fehlte auch das Geld, Urlaub zu machen." Noch mal zehn Prozent.

„Und Aishe?"

„Hat inzwischen sogar einen türkischen Mann abbekommen. Der Witz ist, er kann kaum ein Wort Türkisch, weil er irgendwo auf der Schwäbischen Alb geboren worden ist."

„Hast du sie mal wiedergesehen?"

„Ja, nach vielen Jahren mit ihrem Mann zusammen – und ihrem Kind."

„Bereust du, dass daraus nichts geworden ist?" Ich schüttelte nur den Kopf. Es entsprach auch der Wahrheit. Weitere Worte hätten diese nicht besser erklärt. Ich war damals zu jung und unreif, aber vor allem auch zu ängstlich. Das Unwissen über die fremde Kultur schuf zu dieser Zeit seltsame Verhältnisse und Distanzen. *Mein Gott, eine Moslemin, wie sieht da das Leben aus? Sicher täglich von der Familie kontrolliert! Und erst die Liebe? Darf ich oder darf nicht? Wahrscheinlich nur, um Kinder zu machen. Weißt du, dass die dir dann mit 'nem Kopftuch hinterherrennen muss?* Ein Vorurteil jagte das nächste. Kaum hatte ich diesen Gedanken zu Ende gebracht, spürte ich die gleiche Unsicherheit wie damals und dass sie sich wohl wieder in den letzten Tagen in mir breitgemacht hatte.

„Und nun wandelst du auf ihren Spuren?!"
Tanems Lächeln dabei war unnachahmlich.

„Nein, ich versuche meinen Kopf klar zu bekommen. Eigentlich wollte ich bis nach Trabzon. Aber ..." Ich beugte mich etwas zur Seite, kramte einen zusammengefalteten Zettel aus meiner Gesäßtasche und reichte ihn ihr. Mit ihm hatte damals meine Sammlung von Sprüchen angefangen. *Gerçek dost kötü günde belli olur*[4]. Auf der Rückseite wie bei allen anderen Tanems Name, aber bei diesem unter dem durchgeixten Wort Freundin. Das musste sie nicht sehen. Ich hatte ihn deshalb schnell etwas auseinandergefaltet.

„Den hat er mir seinerzeit mitgegeben."
Die Erklärung schob ich gleich nach:

„Einen solchen hatte ich in ihm für einige Monate gefunden und ich glaube ..." Ich bekam einen Kloß in den Hals: „... solche auch hier in den letzten Tagen."

---

[4] Richtige Freunde zeigen sich an schlechten Tagen.

Tanems Stirn sah wie eine kleine Wellenlandschaft aus. Sie faltete das Stück Papier wieder zusammen und reichte es mir. Zumindest die erste Silbe ihres Namens hatte sie dadurch sicherlich gelesen. Reagierte aber nicht darauf.

„In den letzten Tagen? Du warst doch alleine."

„Nicht ganz."

Gedankenverloren schaute ich in ihr sonnenvergoldetes Gesicht. Die Wellen auf ihrer Stirn blieben. Langsam ging der Kopf wieder zum Meer. Es war glatt. Verharrte. Zusammen mit den Wolken am Himmel. Wie die Zeiger auf der Uhr. Die Schatten um uns herum. Zeit für Sentimentalitäten. Zeit, jetzt endlich etwas zu sagen. Etwas, was sie vielleicht erwartete. Etwas, das ich zumindest von mir erwartet hätte. Allerdings von einer Nichtantwort gestoppt. Sie biss sich auf ihre Unterlippe und meinte nach einem kleinen Seufzer.

„Vorne am Pavillon gibt es ein paar Bänke. Lass uns ein Picknick machen, meine Tante wäre traurig, wenn wir alles wieder zurückbrächten."

Sie streckte die Beine aus. Der Rock verrutschte dadurch eine Handbreit. Kurz schenkte sie mir so noch einmal einen Blick auf die frei gewordenen Knie und ein Stück ihrer Oberschenkel. Dann zog sie den Stoff glatt und erhob sich. In kitschigen Filmen würde nun dem noch Sitzenden die Hand gereicht werden, der sie mit einer gefährlichen Zärtlichkeit ergriffen hätte. Doch sie sah zum Ende der Mole und kämmte sich mit beiden Händen ihre Haare hinter den Kopf. Sie war plötzlich zu einer

Unbeteiligten in ihrer eigenen Geschichte geworden. Mir blieb nichts anderes übrig als auch aufzustehen. Dicht hinter ihr stehend, fasste ich an ihre Seite. Kein Zucken. Kein Zurückweichen. Sondern verharrende Übereinstimmung mit der Natur. Ich überlegte, was ich sagen könnte, aber außer „*Iyi bir fikir!*⁵" fiel mir nichts ein.

„Du großer Türke", erwiderte sie voller Ironie und drehte sich in meiner Hand um, ohne sich von ihr zu lösen. Im Gegenteil. Mit großen Augen und einem hypnotisch sanften Blick. Jetzt hätte ich alles tun können. Ich hätte die zweite Hand nehmen können, um sie festzuhalten und sacht an mich zu ziehen, und dabei meinen Kopf nur nach vorne beugen müssen. Nicht mehr als zwei Handspannen weit. Auch hier, in diesem Land machte man es nicht anders. Damit hätte ich zwar nichts versprochen, aber alles erklärt. Mit einer der selbstverständlichsten Gesten der Welt. Stattdessen hielt ich immer noch den Zettel in der anderen Hand. *Gerçek dost kötü günde belli olur.* Als ich ihn in meine Tasche zurücksteckte, rieb ich mit meinen Fingern über die Oberfläche und damit über ihren Namen. Tanem. Statt sie zu umfassen, ließ ich sie los und fühlte sie trotzdem.

Erst jetzt machte sie einen Schritt zur Seite. Die letzte Chance, sie vielleicht in den Arm zu nehmen, ohne dass es dumm aussah. Aber ich ärgerte mich nur still über mich selbst und ging hinter ihr her.

---

⁵ Eine gute Idee!

„In Deutschland könnte ich alles sein, Moslemin, Christin, Atheistin, was weiß ich, und nichts wäre gut, nichts würde passen. Zu allem würde Senf dazugegeben. Jeder hat zu allem Kommentare in der Tasche. Ihr habt dafür viele Schubladen. Und wenn sie nicht reichen, erfindet ihr noch ein paar dazu. Aber in Deutschland bin ich zu Hause. Da wohne ich. – Hier *müsste* ich Moslemin sein, das wäre dann gut und würde passen. Den Menschen hier. Aber hier bin ich trotz allem irgendwie nicht zu Hause. Und im Grunde genommen weiß ich nichts über meine Heimat und bin nur im Urlaub hier. – Ich mache den Ramadan mit. Wohlgemerkt, in voller Überzeugung. Nicht so sehr aus religiösen Gründen, sondern weil ich glaube, dass es mir guttut. Und wenn Allah es für gut befinden sollte, ist es mir recht."

Sie drehte sich zu mir, hockte sich auf die Bank und schob die Beine unter. Mit beiden Händen strich sie über ihr Gesicht und die Stirn und kämmte anschließend ihre vom Wind zerzausten Haare hinter den Kopf. Die spätnachmittägliche Sonne zauberte weiterhin einen verführerischen Goldton in ihr Gesicht. Ich war deshalb versucht, nach einer Hand von Tanem zu greifen und sie endlich an mich zu ziehen. Doch im gleichen Moment hörte ich ein lautes *Gelin, bakın! Orada! Tahze balık*[6] und fühlte mich für ein solches Vorhaben in einem viel zu fremden Land. Zu fremd und zu beobachtet, um

---

[6] Kommen Sie! Schauen Sie! Dort! Frischer Fisch.

solch emotionale Dinge zu tun. Trotz des händ-chenhaltenden Pärchens, das ich gesehen hatte. Sie sah kurz in die Richtung der Stimme und fuhr dann fort:

„Aber nach einer Woche hab' ich Kopfschmer-zen, nach zwei könnt ich nur noch pennen, nach drei mag ich keine Familie mehr sehen und nach vier überhaupt keinen mehr. Vor allem im Som-mer, wenn ich morgens um drei oder so aufstehen muss, bringt das den ganzen Rhythmus durchei-nander."

Sie ließ sich ein wenig zur Seite sinken und stützte sich auf der Lehne mit einem Arm ab. Ich spürte ihre Nähe und wunderte mich, jedes Wort von ihr zu verstehen und nicht verwirrt zu sein.

„Dann freu ich mich, wenn alles vorbei ist und ich alle wieder um mich herum hab. – Ich liebe meine Familie."

„Das geht uns doch nicht anders an unseren Fei-ertagen. Die sind meistens so eine Völlerei, dass eine richtige Fastenzeit nicht schlecht wäre."

„Aber ihr habt eine Fastenzeit."

Eine Hand von ihr lag keine Fingerlänge von mei-ner entfernt.

„Ja, und einer von tausend ist fromm genug, sie durchzuhalten. Die anderen machen sie doch nur, um schlank zu werden, und nicht, weil sie in den Himmel kommen wollen."

„Vielleicht komme ich da auch nicht hin. Trotz allem."

Die Hand war immer noch da.

„Aber du gehst zum Gebet?"

„Du meinst in eine Moschee? – Nein, es reicht mir, zu wissen, dass es einen Gott gibt."

„Ich finde Moscheen schön, wegen der Ruhe, die sie ausstrahlen. Natürlich auch alte Kirchen. – Dem lieben Gott ist es, glaub ich, egal, wo wir ihn suchen."

Ich reichte ihr eine Wasserflasche. Ihre Finger kurz an meinen.

„Glaubst du denn an ihn?"

„Wer sollte für all das hier sonst verantwortlich sein?", fragte ich zurück und wischte mit einer ausholenden Armbewegung von links nach rechts vor dem Horizont.

„Gibt doch genug Wissenschaftler, die uns was weismachen wollen."

„Trotzdem, irgendeiner muss ja das Huhn oder das Ei auf die Wiese hingestellt haben. Mit Hokuspokus und Schwupp, jetzt ist was da, kann das nicht funktionieren. – Von nichts kommt nichts, heißt es bei uns."

Sie lächelte und stupste mich kurz an.

„Da seid ihr wohl nicht anders als wir. Das tröstet."

„Ihr?"

„Ja, ihr Christen."

„Es heißt, wir seien auch Menschen."

„Eben. – Das meinte ich ja."

Nun war es ein schelmisches Lächeln geworden. Sie griff neben sich und holte zwei Papiertüten aus der Tasche, die uns ihre *teyze,* Tante, mitgegeben hatte. Ich zog aus einer ein vorsichtig zusammengeklapptes *lahmacum* heraus und biss, als hätte ich heute noch nichts zu essen gehabt, hinein. Es schmeckte mindestens so gut wie am Mittag bei ihr zu Hause. Gleich darauf lief mir ein kleiner Tropfen Öl am Kinn hinunter. Als ich ihn mit meinem Handrücken wegwischen wollte, war ihre Hand schneller und tupfte ihn sorgfältig mit einer plötzlich hervorgezauberten Papierserviette ab. Dabei schaute sie mich unentwegt an. Ihre Augen groß, dunkel, lächelnd. Der Blick war wirklich hypnotisch genug und ihre Lippen glänzten. Ich war ein Feigling.

sence – deiner Meinung nach

Heute war alles verdreht. Ich zuckte mit den Schultern und ging zu ihrer Liegeinsel. Setzte mich aber dann doch gute fünf Meter von dieser entfernt in den Sand. Es dauerte ein wenig, bis sie zu ihrem Handtuch zurückgekehrt war. Von dort musterte sie mich einen Augenblick wie ein unerwünschtes Ungetüm. Passenderweise zwischen uns ein paar dornige Büsche. Nach dem gestrigen Tag und Abend wollte ich eigentlich ihre grüne Burg erobern. Es hätte gepasst. Hatten wir doch einen ganzen Tag miteinander verbracht. Doch irgendetwas hielt mich von diesem Vorhaben zurück. Meine letzte Frage gestern Abend, während wir die Reste des Picknicks verpackten, hatte wohl die Stimmung verdorben. *Warum bist du bis jetzt alleine geblieben?* Sie hatte kurz aufgesehen, dann weiter gepackt und die Frage unbeantwortet gelassen. Nur noch *okay, dann wollen wir mal, Mensch ist es schon spät* und ähnliche Banalitäten waren von ihr zu hören. Dabei war ich mir sicher, keinen falschen Ton gewählt zu haben. Was war also an diesen Worten schlimm? Deshalb würde ich heute nachhaken und versuchte es mit einer Variante:

„Warum bist du in dieser Woche nicht irgendwohin gefahren, wo mehr los ist? Nichts gegen deine Tante, aber die Nachmittage hast du ja immer hier verbracht."

Wieder sah sie nur kurz zu mir herüber, jedoch lang genug, um zu erkennen, dass sie meine Absicht sofort durchschaute.

„Du wirst es nicht glauben, ich freu mich manchmal alleine zu sein und hasse es gleichzeitig. Dafür brauche ich nicht irgendwohin zu fahren. Und dafür war die Woche bislang prima."

Wieder dieser kaum wahrnehmbare süffisante Unterton. Sie setzte sich mit einem beleidigt wirkenden Gesicht aufs Tuch und trocknete sich hinter dem löchrigen Sichtschutz des Gestrüpps ab. Ich schielte mehr oder weniger unverhohlen zu ihr hinüber. Ich wurde nicht ganz schlau aus ihr, denn trotz ihrer schlechten Laune hatte sie wieder den mintgrünen Bikini angezogen, obwohl sie wusste, wie gut ich ihn fand. Wenn sie von mir nun nichts mehr wissen wollte, hätte sie ja durchaus als unmissverständliche Vollabwehr einen gewöhnlichen Badeanzug nehmen können.

Und ich hatte das Signal falsch gedeutet, ich bemerkte es zu spät, denn die unerwartete Optik reichte nicht, sie umzustimmen. Mit mir gemeinsam ein paar Bahnen zu schwimmen war nicht drin. Sie hatte sich lediglich ans Ufer gesetzt und die Wellen bis an ihren Bauch platschen lassen, während ich nicht nur deswegen grübelnd einige Hundert Meter weit ins Meer hinausschwamm.

„Ich fand die letzten Tage auch sehr schön", sagte ich über die Büsche hinweg.

„Warum bist du nicht weitergefahren? So wie du es vorhattest", kam zurück.

„Das ist ja nicht schwer zu erraten, oder?"

„Aber?"

„Nichts aber. – Ich wunder mich nur ... über ... über deine Laune jetzt."

„Die ist nicht anders als sonst."

„Nun, dann kann ich mich ja neben dich setzen."

„Wenn's denn unbedingt sein muss."

„Gestern klang das anders."

„Gestern hab' ich nicht viel nachgedacht."

„Oder nichts gegen mich gehabt", gab ich zurück.

Reglos blieb sie liegen. Blickte nach vorne. Hypnotisierte einen Punkt zwischen sich und dem Horizont. Dann atmete sie tief durch und meinte:

„Im Grund genommen habe ich nichts dafür getan, unter den Hut zu kommen. Wie man so schön sagt. Im Endeffekt versucht doch jeder bewusst oder unbewusst bestimmte Traditionen fortzuführen. Das ist in jeder Familie so. Ich lebe in Deutschland. Ich arbeite dort. Ich bin dort sogar geboren. Für meine Eltern sah und sieht das anders aus. *İnsanın vatani doğduğu yer değil, doyduğu yerdir.* Das ist ein Sprichwort bei uns. Heimat ist nicht da, wo man geboren ist, sondern da, wo man satt wird.

Das war ihr Grund, sich eine neue zu suchen. Ihre sieht also anders aus als meine. Satt alleine reicht aber nicht. Besitz, Haus, Geld und so weiter auch nicht. Heimat ist auch ein Gefühl. Manchmal ein ganz komisches. Weil eben irgendwelche Traditionen mit hineinkommen. So komisch, dass es blöd klingt, wenn ich sage, für einen normalen türkischen Mann bin ich inzwischen zu alt. Jeder, der mich hier sieht, geht davon aus, dass ich einen Mann habe. Da spielt es keine Rolle, ob ich Kopftuch trage oder nicht. So was wie mich lässt man in Ruhe. Das hat Vorteile, wenn man eine solche Woche Urlaub machen will, aber deshalb bin ich auch alleine geblieben ..."

„Du möchtest aber demnach auch eine Familie?"

„Logisch! Warum fragst du?"

„Muss das ein Türke oder Deutscher sein?"
Ich hatte den besten Witz des Tages gemacht. Denn ihr Lachen ließ wieder den Boden beben.

„Mit dir?"

„Angenommen ich ..."

„... angenommen du ..."
Ihre zwei Worte schwebten wie eine Wolke zwischen uns und klangen wie eine Frage. Ich hatte mich überall hin manövriert. Ins Abseits, daneben, genau auf den Punkt, in die Tiefen des Universums, dahin, wo ich wollte, in Widersprüche. Mein begonnener Satz war mit einem Mal in meinem Mund verschwunden. Aus Versehen heruntergeschluckt. Oder mutlos geworden. Oder von vornherein Blödsinn gewesen. Egal. Angriff ist die

beste Verteidigung. Und die beiden Worte machten Plopp.

„Angenommen, ich würde als Deutscher einen Versuch starten."

„Ein Versuch hat mit Gefühlen nichts zu tun." Ich ließ mich nicht beirren.

„Angenommen, ich würde als Deutscher deine Freundschaft suchen."

„Suchen? – Die hast du schon längst. – Vom ersten Tag an."
Nun hatte sie mich doch verunsichert.

„Vom ersten Tag an? Ich dachte …"

„… du dachtest zu kompliziert. Und ich wunderte mich schon über deine Schweigsamkeit. – Am ersten Tag ist das noch nicht allzu schlimm. Eine Woche kann lang sein. Also versuchte ich es ein weiteres Mal. Der Bikini schien dir zu gefallen. Und ich wusste, du bist kein türkischer Mann. Die verhalten sich anders. Hättest du dich aber danebenbenommen, wär's das auch schon gewesen. Aber irgendwie …"

„Aber irgendwie …" Diesmal klangen meine zwei Worte wie eine Frage. Ich zögerte eine halbe Sekunde, *wie krieg ich die Alte da rum*, fiel mir wieder ein. Das hatte sie zu mir gesagt und damit längst schon gespielt. „… hast du in deinem Kopf schon einen Haufen Antworten, zu denen ich noch keine Fragen gestellt habe. – Nicht mal mir."

„Aber du hast die Antworten aufgeschrieben. Auf deine Zettel."

Sie beugte sich vor und zupfte aus ihrer Handtasche ein Stück Papier. Auf Briefmarkengröße zusammengefaltet. Sie warf ihn über die Büsche zu mir hinüber und stand anschließend auf. *Um zu erlangen, was du nicht weißt, geh dorthin, wo du nichts weißt.* Ich musste das kleine Päckchen nicht aufdröseln. Die ersten Buchstaben reichten, um es zu erkennen.

„Du hast …"

„Genau! Ich habe. Steht ja auch groß genug drauf. Meiner und ihrer. Ich hab' es wissen wollen. Weil ich etwas sagen wollte."

Mir wurde heiß. Mir wurde kalt. Ich hatte ein Spiel gewonnen und verloren.

„Das gestern war ein besonderer Tag", fuhr sie fort, wickelte dabei in Ruhe ihr Handtuch zusammen und tat es mit den anderen Sachen in ihre Tasche, „den möchte ich behalten. So wie er war. – Und mehr war wohl nicht."

„Du täuschst dich."

„Du hast nichts gesagt. Nicht ein Wort."

Das war es also. Sie hatte mit einem Mann einen Tag verbracht, der zu blöd war wenigstens *Ich mag dich* zu sagen. Da er dies nicht getan hatte, steckte wohl auch nicht viel hinter seinem Gequatsche.

„Vielleicht, weil ich feige bin", war meine Ausrede.

„*Yok canım!*[7] Freunde sind nicht feige, nur vorsichtig. Und sie lügen nicht! Bei uns gilt: *Dost aci söyler*[8]."

„Und die Wahrheit ist?", hakte ich unsicher geworden nach.

„Der Spruch von Herr Özcan." Sie drehte sich um und wendete mir ihren Rücken zu. Keine Chance für eine Erwiderung. Durch den kleinen Weg zwischen den Büschen hindurchgetreten, blieb sie stehen und machte noch mal für einen Schritt kehrt: „Meine Freundin kommt erst morgen Abend. Ziemlich spät. Wir sehen uns also noch kurz. Übermorgen fahren wir dann nach Istanbul für drei Tage. Danach zu meiner anderen Tante nach Izmit. Die freut sich schon. – Wie ich mich auf morgen."

Görüşürüz!

Schon morgens um acht pendelte ich wie eine Billardkugel zwischen Wasserkante und Handtuch hin und her. Alle paar Augenblicke schaute ich auf meine Uhr. Doch die Zeit schien im unpassendsten Augenblick auf dem Ziffernblatt festzukleben. Kein Wunder, mehr als ein, zwei Minuten waren jedes Mal auch nicht vergangen. Nach einem gefühlten halben Tag lief ich zum soundsovielten Mal hinunter ans Meer und sprang hinein. Entgegen meinen sonstigen Gewohnheiten schwamm ich

---

[7]   Ach was!
[8]   Ein Freund sagt auch unangenehme Wahrheiten.

weit hinaus, bis ich jeden meiner Muskeln und trotz des warmen Wassers nur noch Kälte spürte. Dann.

Plötzlich.

Ganz großes Kino.

Sie auf der kleinen Anhöhe oberhalb ihres grünen Kastells. Die langen Haare flogen trotz eines Haarbandes wie eine Flagge im Wind zur Seite. Darunter in Schichten: eine kurze Jeansjacke, eine lange, fein grau gestreifte Bluse und eine schwarze Leggins. Die Sonne in ihrem Rücken ließ eine Corona um sie herum aufleuchten. Maria oder falls es eine türkische Heilige gäbe, waren chancenlos. Viel zu langsam kam ich zurück und krabbelte etwas umständlich an Land. Doch blieb sie stehen und wartete. Ein wirklich großer Auftritt. Bikini hin oder her. Egal welche Farbe. *Das* war hohe Schule. *Das* stellte jedes Cover einer Modezeitschrift in den Schatten. Ich ging an meinem Platz vorbei und nahm mein Handtuch mit. Zwei Meter vor ihr blieb ich stehen und schaute sie an. Etwas durcheinander und entgeistert. ... *wie 'n Tier im Zoo.* Sie war genial geschminkt. Meine Knie wurden weich. In meiner Badeshorts kam ich mir mit einem Mal nackt vor. Ich tat, als wenn ich mich abtrocknete, und hob das Handtuch an mein Gesicht. Ihr Blick scannte mich ab. Frech. Neugierig. Und doch mit einer eigentümlichen Distanz. Als sie mir wieder in die Augen sah, schien sie ernst und auch etwas traurig. Mir spukten weiß Gott was für Gedanken durch den Kopf. Warum musste ich jetzt zittern?

„Meine Oma sagt immer: *Gönül verme evliye, eve gider unutur[9].*"

Ich musste schlucken und räusperte mich.

„Ich werde dich nicht vergessen!"

Sie stutzte nur kurz und beäugte mich mit zusammengekniffenen Augen.

„Ach nee, jetzt kannste wieder Türkisch?!"

„Na ja, ich hab's ja leicht, ich kann ja nachgucken."

„Du hast aber grad nirgendwo nachgeguckt. Oder steht das in deinem Handtuch?"

„Aber bevor ich es geschrieben habe."

„Bitte was? *Aman Allahım!*"

„Hast du's schon vergessen? Ich schreib doch eine Geschichte über dich. Also weiß ich auch, was du sagen wirst."

„Ja und? Wie soll das denn funktionieren? So 'n Quatsch! Verarsch mich nicht! – Entweder du verstehst Türkisch oder du tust es nicht. Und überhaupt, wenn du dir das jetzt nur ausdenken würdest, gäb' es ja einen von uns beiden nicht."

„Je nachdem, wer von uns es dann liest."

Tanem schüttelte den Kopf, schaute mich noch einige Sekunden an und drehte sich dann um. Wortlos. Wütend? Fast hätte ich erwartet, dass sie mir einen Vogel zeigt. Es hätte zu ihr gepasst. Wie am Anfang der Geschichte schaute ich ihr belustigt hinterher. Ihr Schritt wieder leicht und fest zu-

---

[9] Gib dein Herz nicht einem Verheirateten, er wird nach Hause gehen und dich vergessen.

gleich. Beides zusammen. Und trotzdem nicht unsicher und unbestimmbar. Wie ihr Naturell: tough und sensibel in einem. Unentschlossen und konsequent. Still und sprudelnd, einem Mineralwasser ähnlich und gerade deshalb Quell der Lebensfreude. Und auch abwesend und doch mit großen Ohren zuhörend, mit einer gehörigen Portion Neugier. Anziehend und abweisend. Die Kühle mimend voller Wärme. Und unfassbar schön. Wenn ich jetzt meine übrigen Sachen nähme und loslaufen würde, könnten wir wieder zusammen einen Kaffee trinken gehen oder an der Küste entlanglaufen oder eine Tante von ihr besuchen oder was weiß ich. Irgendetwas würde uns einfallen.

Kurz überlegte ich, ob ich sie in dieser Geschichte innehalten und zurückkehren lassen sollte. Ich schaute intuitiv auf meinen Rucksack mit dem Laptop darin und nahm in Gedanken die Finger von der Tastatur. Denn auch in Büchern führen die beteiligten Hauptpersonen ein selbstbestimmtes Leben. So soll es auch bleiben. Man begegnet sich nie nur einmal im Leben. Deshalb betrachtete ich nur, wie sie sich langsam entfernte. Hinter den Sträuchern und Büschen kleiner wurde. Bis sie von den letzten sozusagen verschluckt worden war. Natürlich hatte sie sich nicht einmal zu mir umgedreht. Auch *das* ist typisch für sie.

Ich wartete noch zwei, drei Minuten. Dann war den philosophischen Momenten Genüge geleistet. So ging auch ich los und suchte sie mit hochgerecktem Kopf zwischen den hohen Gräsern, Pinien und dem Gestrüpp. Ich machte eine Pirouette und hüpfte hoch. Nichts. Sie blieb verschwunden. Dann rannte ich los. Viel zu spät kam ich an dem kleinen Parkplatz an. Aus der Puste wie ein Marathonläufer. Nur mein Wagen stand noch da. Dann lief ich weiter bis zur Straße. Aber falls es eine Staubwolke als letztes Zeichen gegeben hatte, war auch diese verweht. Unschlüssig blieb ich stehen und schrie, so laut ich konnte, in die Gegend hinein: *Görüşürüz!* Nichts. Außer Stille. Selbst die Vögel gaben keine Antwort. Dann kickte ich mindestens ein Dutzend Steine wütend auf mich selbst zur Seite. Was war ich für ein Hornochse. Aber auch das half nicht.

Mit meinen Sachen unter dem Arm kehrte ich fluchend zum alten FIAT zurück. Morgen müsste ich wieder zurückfliegen. Auch davon hatte ich ihr nichts gesagt. Wie von so vielem. Keine Ahnung warum. Ansonsten hätten wir uns noch in Istanbul treffen können. Ich hatte gestern Abend ins Wörterbuch geschaut und wusste, was ich deshalb war, ein *korkak,* ein Feigling. Ein jämmerlicher obendrein. Manchmal hatte ich in den letzten Tagen das Gefühl, dass sie den auch in mir sah.

Zurück am Auto atmete ich tief durch und klopfte dreimal aufs Blech. Soll angeblich Glück bringen – und sah ihn sofort. Ein Strafmandat war es nicht. Ich legte die Sachen in den Wagen, ging wieder nach vorne und nahm den Zettel unter dem Scheibenwischer weg. Ich faltete ihn auseinander und sah vermutlich ihre Schrift. Es würde einige Zeit benötigen, bis ich wusste, was sie geschrieben hatte. Außer ich würde jetzt auf die Schnelle, zum

Beispiel in dem Café, in dem wir gewesen waren, jemanden finden, der mir das übersetzen konnte. Denn ihre Tante oder den Onkel traute ich mich nicht zu fragen und hier in der Gegend brauchte ich nicht nach einer Hilfe suchen. Hier war man zu weit ab vom Schuss. Für die letzten Tage war genau das von Vorteil gewesen. Aber jetzt? Ich rutschte mit dem Rücken an dem Blech herunter und holte noch mal das Wörterbuch aus dem Rucksack. Dann begann ich zu lesen und im gleichen Moment befürchtete ich, die Zeilen erst zu Hause zu verstehen:

Yaşamak sevmektir ve sevmek acı çekmektir, acı çekmek istemiyorsan sevme, ama sevmiyorsan nicin yaşiyorsun ... çünkü ... geceler seni sevdiğim kadar uzun olsaydi eğer inan ki yeryüzüne hiç güneş doğmazdi[10].

---

[10] Leben heißt lieben und lieben heißt leiden, wenn du nicht leiden willst, dann liebe nicht, aber wenn du nicht liebst, wofür lebst du dann ... denn ... wenn die Nächte so lang wären wie meine Liebe, glaub mir, die Sonne würde nie wieder aufgehen.

II.

ansızın yok – plötzlich gibt es nicht

Sechs Wochen später. Stuttgart 21. Nicht aus Protest oder weil ich die Bäume retten wollte. Sondern aus Zufall. An einem Samstag. Frei gehabt und einkaufen gegangen. Ohne vorher die Zeitung studiert zu haben. Deshalb mit einer frisch gefüllten Tüte in der Hand. Dreizehn Uhr siebenundvierzig. Mit Dutzenden und Aberdutzenden anderer Leute aus der S-Bahn nach oben gespült. Und gleich mittendrin. Umzingelt von auf und ab zuckenden Protestplakaten, *Oben bleiben!* skandierenden Menschenwogen, wehenden Bannern, vermummten Polizisten gegen teilweise Krawatte tragende Demonstranten, Blaulicht und allerlei schräger Musik. Nicht nur, weil ich auf so etwas nicht vorbereitet war, fühlte ich mich inmitten dieser Massen sofort unwohl und versuchte vorwärtszukommen. Schnell weg, noch Schuhe kaufen und ab nach Hause.

„Dafür oder dagegen?", fragte mich einer, vielmehr schrie er mich an und streckte mir einen Flyer entgegen. Sein rot angelaufener Kopf höchstens eine Handspanne von meinem entfernt.

„Äh, dagegen – natürlich."
Dagegen ist immer gut. War doch egal, wogegen. Konnte er sich aussuchen. Woanders pflanzten sie ungefragt Flughäfen ins Land. Auf künstliche Inseln mitten ins Meer oder planierten, weil man es

Fortschritt nannte, ganze Wälder, um Städte, Fabriken oder was weiß ich zu bauen. Wenn man davon erfuhr, war es längst zu spät. Wie etwa beim Regenwald, der bei dieser Dynamik in hundert Jahren längst abgeholzt sein wird. Oder dem Skandal rund um die havarierte Ölbohrinsel im Golf von Mexiko. Oder sonst wo. Und? Was passiert? Nicht viel! Aber jetzt wollten sie eine eh verbaute deutsche Großstadt retten. So wird also das Weltklima wiederhergestellt. Doch für das hier war ich nicht politisch genug. Den Mann anlächelnd zeigte ich mit einem Zeigefinger in den Himmel und rief:

„Oben bleiben!"

„Gut so! Oben bleiben!", war seine geschriene, von Spucketropfen begleitete Antwort und ich ging weiter. Wahrscheinlich hätte er mir am liebsten noch auf die Schulter geklopft.

„Unterschreiben sie auch?" Der Nächste.

„Klar." Und schon war er weg mit meinem Namen.

„Bei Abriss Aufstand!" Drei blökende Jugendliche in erster Reihe.

„Der Filz muss weg!", und die Tröte direkt neben meinem Ohr bitte auch.

Das Konzert, oder sollte ich besser der Krawall sagen, wurde lauter. Auf Schuhe – oder was wollte ich mir eigentlich kaufen? – hatte ich längst keine Lust mehr. Ein Banner flog mir vors Gesicht: *Ihr kriegt uns nicht los!* Ich schon! Und schob die dünne Folie zur Seite.

„Affedersiniz, çarşı nerede?[11]"

Ich blieb wie angewurzelt stehen. Ihre Stimme würde ich auch noch in zwanzig Millionen Jahren wiedererkennen. Und sei es inmitten eines tosenden Rockkonzerts, eines Mega-Unwetters mit Blitz und Donner und tausend Liter Regen auf den Quadratmeter, Hunderte Meter unter Wasser oder selbst, wenn ich schwerhörig geworden wäre.

„Orada! Dort!" Ohne mich umzudrehen, nur mit deutender Hand und rasendem Herz.
Meine türkische Antwort, dieses eine Wort, klang eher wie eine spanisch-russische Verballhornung. Innerhalb der letzten Wochen hatte ich Dämlack schon wieder alles verlernt. Bereits mit einer leichten Staubschicht versehen lag das Wörterbuch seit meiner Rückkehr auf dem Wohnzimmertisch. Als wenn ich an unsere gemeinsamen Tage schon längst einen Haken gemacht hätte. Ich großer Türke.

Tanem blieb zwei Meter von mir entfernt stehen. Ein paar Demonstrierende drängten in die Lücke und versuchten mit ihren hölzernen Plakathaltern immer heftiger Löcher in den Asphalt zu stampfen. So hilft man bei Abbrucharbeiten. Infernalisch. Wer machte hier was kaputt? In meinen Ohren klingelte es.

„Karnın aç mı? Hast du Hunger?", schrie sie zu mir hinüber. Ihre Augen betörender als je zuvor. Groß. Dunkel. Lächelnd.

---

[11] Entschuldigung, wo ist das Einkaufszentrum?

„*Hayır! Susadım!* Nein. Ich hab' Durst!", erwiderte ich brüllend. Es klang wie *hachier ßußadöm*. Fürchterlich.

„Also gut. Kennst du dich hier aus?"
Nun stand sie neben mir. Ohne Koffer, den ich, aus welchem Grund auch immer, vermutet hatte, sondern nur mit einer ledernen Umhängetasche. Zwischen deren Trageriemen eine lässig gelegte Lederjacke. Ihre Kleidung: Jeans, weißes T-Shirt, darüber ein dünnes, fast rosafarbenes Rüschenhemdchen. Hinreißend. Die dunkelbraunen Haare offen. Wehend im Wind, der um uns herum gemacht wurde. Nur zwei unscheinbare Haarklämmerchen bändigten es über den Schläfen und hielten ihr Gesicht frei und steigerten nur dessen extreme Sogwirkung. Noch mehr als vor wenigen Wochen. Beam me up, Scotty. Vor allem, weil sie sich offensichtlich freute, mich wiederzusehen. Man begegnet sich nie nur einmal im Leben. Meine eigenen Gedanken. Wenn nicht jetzt, wann dann gab es eine bessere Chance sie in den Arm zu nehmen und zu küssen und alles Nichtgesagte endlich zu sagen?

Links von mir wurde der Lärm zum Meeresrauschen. Die Wand der Demonstranten ähnelte einer Brandung, die gleich über uns hinwegfegen könnte. Doch ich blieb, wie der Lampenmast neben mir, Tanem anglotzend, stehen. Zuckte nicht einmal. Wieder traf mich etwas am Kopf. Ein Knäuel, Schal oder Ballon. Keine Ahnung. Nicht schlimm. Ohne Schmerz. Doch genug für die richtige Reaktion. Ich pendelte vor. Meine Wange berührte ihre

66

und meine Lippen etwas ungelenk eine warme Stelle ihrer Haut unterm Ohr. Ich schloss die Augen und atmete ihren Duft ein. Und weil alles endlich ist in einem Leben, gleich darauf noch einmal. Tief und mit geschlossenen Augen. In wenigen Augenblicken würde ich verrückt werden und durchdrehen. Widerwillig zog ich meinen Kopf zurück und fasste sie am Arm. Es war die Minimallösung.

„Komm! – In der Königstraße gibt es sicher ein Café."

Zweihundert Meter später fanden wir im „Schlossblick" noch einen Tisch. Hier drinnen schien die Welt normal zu sein. Das Klingeln in meinen Ohren war sicher nur das Blut, das mir nach wie vor durch den Kopf schoss. Wir saßen noch nicht richtig und hatten schon Tee, Kaffee und Wasser bestellt.

„Was machst du hier?" Wir beide im Chor.

„Ich habe heute frei." Wieder zusammen.

„*Aman Allahım!* Das gibt's doch gar nicht!" Tanem klatschte in die Hände. „Und? Hast du mich schon vermisst?"

Es klang nicht besonders ernst gemeint. Daher antwortete ich mit einem entschärfenden Lächeln und umso ernster gemeint:

„Jede Sekunde in den vergangenen Wochen."

„*Saçma!* Quatsch, dann hättest du dich ja längst gemeldet. Ist aber schon in Ordnung. Urlaub und Alltag sind zwei verschiedene Stiefel."

Ja, gemeldet. Das war's. Wie denn, dachte ich, außer, dass ihr Onkel bei Daimler arbeitete, wusste ich nichts. Ich war zu blöd und feige gewesen nach ihrer Adresse zu fragen. Und da ich es nicht getan hatte, wollte sie meine erst recht nicht wissen. Egal, was wir zusammen unternommen hatten. Sie war auch nicht in der Pflicht. *Gönül verme evliye, eve gider unutur*[12]. Der Spruch ihrer Oma war dafür Leitsatz genug.

„Wie war's in Istanbul?", wollte ich wissen und gleichzeitig ablenken.

„Toll! – Man wollte uns jeden Tag abschleppen."

„Und? War was Brauchbares dabei?"

„Nicht mal für fünf Minuten."

„Und in Izmit auch nicht?"

Tanem schüttelte amüsiert den Kopf und hakte nach:

„Sag bloß, du hast so was erwartet?"

„Nein! Aber dann bin ich ja beruhigt."

„Ach! – Warum bist du dann nicht mitgefahren?"

„Du bist mit deiner Freundin hin. Ich glaub nicht, dass es ihr gefallen hätte?! – Als dritter Reifen und dann auch noch 'n Kerl."

Jetzt zuckte sie mit den Schultern.

„Wer weiß, vielleicht hätte *sie* dir gefallen."

„Wie kommst du drauf?"

„Sportlich. Schlank. Blond."

„Blond? Ich glaub, ich steh eher auf dunkel."

„Eher? – Langsam solltest du es aber wissen. – Du wohnst in Stuttgart?"

---

[12] Gib dein Herz nicht einem Verheirateten, er wird nach Hause gehen und dich vergessen.

„Nein." Ich schüttelte den Kopf. „Ich ... ich brauchte ein paar Klamotten und war schon wieder auf dem Weg nach Hause."

„Bei mir ist es so ähnlich. – Was für ein Zufall. – Und so plötzlich, aber plötzlich gibt es ja nicht."

„Und wo wohnst du?"

Ohne ein Geheimnis daraus zu machen, sagte sie mir ihre Adresse und ich wurde bleich. Erstens, weil sie mir diese sicher auch im Urlaub genannt hätte und zweitens, weil es höchstens eine halbe Stunde von mir entfernt war. So einfach wäre alles gewesen. Mein Gott, ich bin wirklich der bescheuertste Typ im Weltall.

„Das ist nicht weit weg."

„Ich weiß, du hast ja meinem Onkel erzählt, wo du wohnst."

Der Superlativ von bescheuert reichte nicht. Wochenlang hatte ich mich nur selber damit angelogen, zwischen Istanbul und Trabzon einen Neuanfang finden zu wollen. Gleichwohl war ich zu blöd, den dann naheliegendsten einfach in Anspruch zu nehmen, weil ich auf allen Augen taub und Ohren blind war und das, obwohl ich angefangen hatte, alles aufzuschreiben. Spätestens mit diesen Zeilen hätte ich mir eingestehen können, dass ich mich in sie zumindest verknallt hatte. Ich versteckte mich hinter meiner Tasse und suchte nach Worten. Doch Tanem hatte sie schneller gefunden:

„Ich sagte doch: Urlaub und Alltag sind zwei verschiedene Stiefel. Auch wenn ich mich natürlich gefreut hätte."

„Hast du heute noch etwas vor?", fragte ich so beiläufig wie möglich hinter meiner Tasse.

„Zum Kaffee hast du mich doch schon eingeladen?! Der Punkt ist also durch. – Oder sollen wir wieder eine Stadt oder so besuchen?"

„Nun ... Ich ... Also ich dachte", stammeln schien ein Hobby von mir zu sein, „vielleicht kann ich es wieder ein bisschen gutmachen?! Es klingt deshalb jetzt nicht besonders elegant, aber hättest du Lust mit mir nach Hause zu kommen? – Ich könnt' uns etwas kochen. Das kann ich ganz gut. Und wir hätten Zeit zu erzählen."

Sie lehnte sich in ihrem Sessel zurück und taxierte mich. Dann schien sie einen Gedanken zu verscheuchen, indem sie den Kopf schüttelte, und setzte sich wieder wie zuvor hin.

„*Aman Allahım!* – Erzählen. – Na! Du legst ja auf einmal kein schlechtes Tempo vor. Etwa, weil du jetzt zurück in Deutschland bist?"

Ihr Blick durchbohrte mich. Ich glaubte, belustigt. Vielleicht tippte sie sich aber auch innerlich an die Stirn. Hast du eine Ahnung, wen du vor dir hast? Ein türkisches Mädchen, darüber hinaus unverheiratet, nach Hause abschleppen, weil du angeblich kochen kannst und erzählen willst? Worüber? Warst ja in den Tagen am Meer und in Ereğli schon stumm wie ein Fisch! Soll ich dir sagen, was dann passieren kann? Schon mal Zeitung gelesen? Muss zwar nicht in meiner Familie sein, aber andere würden sich auch das Maul zerreißen. Unter Umständen sogar gerne. Meine Vorurteile führten Selbstgespräche, denn:

„Warum nicht, du wirst mir schon nichts tun. Oder? Soll ich dir sagen, was dann passieren kann? Schon mal Zeitung gelesen? – Also gut. *Hadi!* Wenn ich bedenke, was wir schon alles gemacht haben?! – Ich hoffe, du erinnerst dich daran wenigstens noch ein bisschen?!"

ara değini – Zwischenbemerkung

Natürlich erinnerte ich mich. An jeden Tag. An alle Begebenheiten. An das, was sie gesagt hat. An die Blicke, Reaktionen und Antworten; die fliegenden und gebändigten Haare; die Art, sich zu bewegen. An den mintfarbenen und gestreiften Bikini, den kleinen Spiegel und die Melodie ihres Handys. An die Bucht, Ereğli und ihre Tante. Den Onkel mit seinem knitzen Blick. An den Hafen, die Krebsscheren, das Picknick auf der Bank und die Trachtenkapelle. An den Blick und ihr Abwarten, als ich sie hätte umarmen können. Und an mein Unvermögen Gefühle kundzutun, mein ständiges Zögern, das auch jetzt unerklärlich bleibt. Ich verstand es ja selbst nicht. Dabei wäre alles ganz einfach: Raus mit der Sprache! Sagen, was los ist. Und nicht an die Leere denken, die ein zuvor erfolgtes lachendes Kopfschütteln erzeugen könnte, weil mir in meiner Einbildung mit ihm eine Ablehnung zuteilwerden könnte. Unter welcher Annahme kam diese Fantasie überhaupt zustande? Ewig so zu leben, in diffusen Zuständen, ohne genaue Vorstellungen, in einem unrealistischen Status quo, war mehr als orientierungslos. Ihre

Antwort auf die Frage: *Was erwartest du von deiner Zukunft?* Mann, Kinder, Geborgenheit und Zuneigung, hätte mir als Wegweiser genügen müssen. Besser als jeder Zettel, den ich in irgendeiner Tasche von mir versteckt hatte. Auf denen ich durchstrich und neu schrieb. So etwas konnte auch nach Belieben geschehen. Mann, Ehe, Kinder, Geborgenheit und Zuneigung. Vor welchem dieser fünf Punkte schreckte ich zurück? Welche Ecken und Kanten vermutete ich dahinter? Aber die Labyrinthe im Leben erschafft man sich ja immer selbst, wenn man beginnt, alles zu hinterfragen. Den geraden Zugang zu ihm übersieht man angesichts der vermeintlichen Herausforderungen gerne. Und Liebe ist zweifellos der direkteste Zugang zum Leben. Aber wenn man keine zwanzig mehr ist, verlässt einen die Unbändigkeit des Lebens und man springt keine drei Stufen auf einmal hinunter. Dabei war ich mir sicher, nicht zu stürzen.

Auf dem Weg zu mir nach Hause war mein Kopf mit allem Möglichen beschäftigt, nur nicht mit Zuhören. Dabei hatte *ich* doch von Erzählen gesprochen. Aber die kleinen Männchen in meinem Oberstübchen hatten die Filmspule mit den Urlaubsbildern gefunden und eingelegt. Ein manchmal flackernder und unscharfer Streifen, obwohl die ganzen Erinnerungen mich tagaus und tagein begleiteten. Lief sie einen Schritt vor mir, sah ich Tanem mit dem gleichen Schritt, zwischen federnd und entschlossen, an der Promenade laufen, war sie neben mir, lag sie auf ihrem Handtuch und gönnte mir für Sekunden den Blick auf sie. An einer Ampel hinter mir stehend, spürte ich die gleiche wärmende Überraschung ihrer Nähe, wie in der Bucht, als sie plötzlich über mir stand und fragte: *Was schreibste denn da?* Der Ausweg aus dem Labyrinth sollte mir spätestens jetzt klar sein. Tanem – war – da. Im wahrsten Sinne zum Greifen nah. Doch im entscheidenden Augenblick schlägt man sich wie ein Berserker durch die Hecken. Sie zwar als Zielpunkt, aber Tanem sah nur die Flucht. Ihre Distanz und Zurückhaltung war dadurch nunmehr erklärt. Denn der Abstand, den ich hergestellt hatte, konnte nur zurückschrecken.

Beate und ich hatten uns seinerzeit, vor mehr als einem halben Jahr, im Irrgarten des Alltags, der Gefühle und Erwartungen verlaufen. Still und heimlich. Wortlos und ohne Kommentar. Lag es da schon an mir? Weil ich auch damals das Maul nicht aufbekam? Der Blick für einander war jedenfalls in dem Wirrwarr der Wege und Linien schon bald, nach wenigen Richtungsänderungen, verstellt. Vor lauter Bäumen sahen wir den Wald nicht mehr. Aus den Augen verloren, wäre eine andere, vielleicht treffendere Umschreibung. Aus der unbeschwerten Leichtigkeit war schweres Fahrwasser geworden und unser Leben so sexy wie unsere Unterwäsche – man sah es nicht. Am Ende wussten wir beide nur noch einen Satz zu sagen: *Lass gut sein, es hilft doch eh nichts mehr.*

Das anfängliche Problem, das noch hätte gelöst werden können, hatte sich zunächst kopiert und später zu weiteren vervielfacht. Wie ein Virus vermehrt. Ganz ohne Tröpfcheninfektion. War ausnahmsweise eine Nichtigkeit geklärt, wurde die nächste schon zu einer größeren Komplikation, diese zu einer echten Behinderung, aus welcher eine schier unlösbare Schwierigkeit wurde. Die ständig anwachsende Ansammlung solcher wiederum ließ uns aufgeben. Ohne weitere Erklärungen. Jeder von uns suchte das Hintertürchen und fand es, indem er die Hecke, wie bereits geschildert, einriss. Was auf diese Weise hinter uns lag, war, wenn nicht deutlich beschädigt, zerstört. Der klassische Scherbenhaufen. Keiner hatte Lust, die Hinterlassenschaften aufzuräumen. Seitdem türmt sich Unerledigtes.

halletmek – in Ordnung bringen

Sie betrat nicht meine Wohnung, sondern schlich in sie hinein. Ihre Augen schienen mindestens einen halben Meter vor ihr zu schweben und die Wohnung, mein zweites, sichtbares Ich zu erforschen. Dennoch war ich versucht zu sagen, dass sie keine Moschee sei. Hielt aber meinen Mund. War sicher besser so.

„Willst du 'n Tee? Ich habe einen echten *çay* da."

„Ach ja? Aber mach dir bitte keine Mühe." Verstohlen schaute sie auf ihre Uhr. „Ich kann ..." Sie brach ab.

„... sowieso nicht lange bleiben", vollendete ich stumm das ungesagte Ende ihres Satzes, ging in die

Küche und warf den Wasserkocher an. Mitkommen und wieder gehen wollen. Manchmal war Tanem auch nicht fassbar, ja fast widersprüchlich und in sich uneins. Oder hatten meine Zimmer keinen der Tests bestanden? Ich hoffte, dass sie wenigstens das berühmte Stündchen Zeit hatte. In diesem Moment fiel mir ein, dass ich meine dämliche Plastiktüte allem Anschein nach in dem Café neben unserem Tisch hatte stehen lassen. Eine eitle Modenschau war als *Guck mal, bevor du gehst* nicht möglich. Dafür klatschte ich hektisch auf meinen Taschen herum und klopfte dabei auf meine Geldbörse. Gott sei Dank! Aber eigentlich auch logisch, wie sonst hätte ich die S-Bahn zahlen können. Ich atmete durch. Also waren nur das Hemd und die Hose von dem Grabbeltisch drin. Neununddreißig Euro. Am Montag, *pazartesi günü,* schön dass mir wenigstens noch diese Worte einfielen, würde ich dort anrufen und nachfragen. Ansonsten war dieser hoffentlich noch etwas andauernde Nachmittag mindestens das Tausendfache wert. Inzwischen entlud der Kocher auf der Arbeitsfläche rumpelnd den Wasserdampf in die Küchenluft. Stuttgart 21. Mit den Tassen in den Händen ging ich ins Wohnzimmer.

Tanem hockte auf dem Boden und blätterte in einem Stapel Bücher, den sie nach und nach aus dem Regal gezogen hatte. Gerade war ein Bildband dran. Faszinierende Städte – Istanbul. Ein antiquarisches Stück. Irgendwann Mitte der Neunziger voller Begeisterung für diese orientalische, gerade besuchte Stadt erstanden. Darunter lag ein weiterer über die Kreuzzüge und einer mit Bildern von Portugal. Auch alte Erinnerungen. Ich schaute über ihre Schultern und sah, wie sie, ein Stück Küste bei Nazaré. Tanem bemerkte wohl den Schatten, zeigte auf das Bild und fragte, ohne hochzugucken:

„Warste da auch schon?"

Ich nickte bloß und sie ahnte die Kopfbewegung.

„Und?"

„Wie und?"

„Auch am Strand?"

„Logisch."

„Und?"

„Ich versteh nicht. – Klasse war's!"

„Hmmh. – Kannst du auch Portugiesisch?"

„Geht so. Jetzt nicht mehr. *Bom dia! Como está? Adeus.* Mehr ist nicht mehr. – Warum fragst du?"

„Och ..."

Mehr kam nicht. Sie blickte mich an und riss ihre Augen auf. Groß. Dunkel. Lächelnd, und ließ sich auf den kleinen, aber echten turkmenischen Teppich auf den Rücken fallen. Ein fetter Sonnenstrahl, der eher ein riesiger Quader war, ließ dessen Rottöne glühen. Diese und das nun um die Wette strahlende Rosa ihres Rüschenhemdchens passten bestens zueinander. Am liebsten hätte ich ein Foto gemacht.

„Was heißt *komeschtah?*"

Ich schaute auf sie herunter und musste lachen.

„Wie geht's."

„Und wie ging's?"

Langsam dämmerte mir, was sie wissen wollte.

„Das Meer dort ist saukalt, selbst im Sommer", wich ich aus und kniete mich neben sie. Sie streckte sich mit geschlossenen Augen. T-Shirt und Unterhemd rutschten aus der Jeans heraus. Eine Handbreit freier Bauch. Eine Sekunde. Zwei Sekunden. Drei. Ich schielte, linste und rutschte mit meinem Po von den Fersen auf den Boden. Halb zog sie ihn, halb sank er hin, dachte ich und stützte mich einen Moment später, schon halb neben ihr liegend, mit einem Arm ab. Meine andere Hand streichelte mit den Fingerspitzen wie befohlen und vorsichtig über die bloßgelegte Stelle. Unfassbar zarte Haut. Ein fast vergessenes Gefühl. Eine Sekunde. Zwei. Dann richtete sie sich auf und stopfte die beiden Lagen Stoff wieder unter den Hosenbund. Langsam, bedächtig. Ohne Kommentar. Ohne Vorwurf. Nur lächelnd. Dann glitt sie mit ihren Fingern als Kamm durch die Haare. Ordnung musste sein. Sie griff zur Tasse. Meine Fingerkuppen brannten, auch ohne das heiße Ding in der Hand gehalten zu haben. In unserer Bucht hatte ich diese Nähe nicht geschafft.

„Und? Hast du all die Zettel noch?"

All die Zettel. Sicher meinte sie nur den einen. *Yasamak sevmektir.* Aber nach meinem *Logisch!* wäre ich am liebsten im Erdboden verschwunden. Denn ich hatte den Sinn dieser Sätze nur relativ oberflächlich durch das Wörterbuch übersetzen können. Mein schlechtes Gewissen meldete sich sofort und eine Horde unsortierter Erinnerungen und Gedanken machte sich in meinem Oberstübchen auf den Weg. *Gönül verme evliye, eve gider unutur.* Das war ihr Informationsstand. Nicht nur Trabzon und das Aufräumen in meinem Oberstübchen waren ausgeblieben. Sondern auch einige Erklärungen. Dabei wäre alles so einfach. Sie war nicht Beate. Also raus mit der Sprache. So verklemmt kann man doch nicht sein. – Aufräumen, Staubwischen und Ordnen wären in den letzten Wochen wirklich dringend notwendig gewesen. Wenn sie jetzt darauf zu sprechen käme, würde ich nur herumstottern können.

„Da! Ich habe immer einen dabei."
Also buddelte ich in einer Gesäßtasche meiner Jeans und gab ihr die Zettel, die ich in ihr fand. Die Aktion war wieder mal dusselig genug, denn sie hielt die Quittung für das Hemd und die Hose in der Hand, einen uralten, unleserlichen Merkzettel und ausgerechnet diesen: ihr Name unter dem Lieblingsspruch meiner Mutter: *Um zu erlangen, was du nicht weißt, geh dorthin, wo du nichts weißt.* Aber auch nach wie vor der einzige Zettel, auf dessen Rückseite der fremde durchgestrichene Name stand.

Lächelnd auf die Lippen beißend, gab sie ihn mir zurück.

„Aber schreiben tust du nicht mehr, oder? Sonst hättest du ja gewusst, dass wir uns treffen."
Unüberhörbare und absichtliche Ironie. Ich hätte die Wahrheit sagen können, dass die Geschichte stärker ist als meine Schreiberei oder dass ein Traum auf Papier nicht lebendig wird, nur weil

man ihn niedergeschrieben hat und deshalb nur ein Traum bleibt. Aber ich tat das Gleiche wie sie und biss auf meine Lippen.

Einer Freundin hatte ich abends, gleich nach meiner Ankunft von diesen Tagen erzählt. Ich dachte ohne Gefühlsduselei, aber mein Blick und meine Stimme hatten alles verraten. Regine blies die Backen auf, zog die Brauen hoch und legte ihre tanemlangen, aber dunkelblonden Haare auf eine Seite des Kopfes. Dann schaute sie durchs Fenster, auf der Suche nach dem Bild mintfarbener Bikini vor azurblauem Meer. Dann meinte sie bloß:

„Mensch, du!" Und nach ein paar Sekunden: „So schlimm?"

Ich zuckte bloß mit den Schultern.

„Vielleicht. – Und wenn ich wüsste, wo sie ist, ganz bestimmt."

Jetzt hätte ich genau diese Episode Tanem erzählen können, doch …

sonra belki – später vielleicht

Ich beugte mich zu Seite, zupfte mit langem Arm eine Kassette aus dem Regal und schubste sie in den Rekorder. Drei Sekunden später sang Tarkan sein berühmtes *Hepsi Senin mi?*.

„Ach du meine Güte."

Sie verdrehte die Augen. Dabei passte der Titel des Albums so gut: *Aacayipsin*, Du bist außergewöhnlich – und manchmal etwas widersprüchlich, dachte ich noch dazu.

79

„Ich hätte auch Edíp Akbayram oder Zülfü Livaneli?"

„Gott, die gibt's ja alle fast schon nicht mehr."

„Also nicht gut?"

„Hast du auch was aus Portugal?"

„Hä?"

Ein breites Grinsen war ihre Antwort und ich drückte die Stopptaste.

„Nee, ist schon gut. Lass laufen, wenn's dir gefällt. – Was hast du noch?"

Sie nahm mir die Kassetten aus der Hand. Nur noch eine weitere, von Selami Şahin, war dabei.

„Bei uns gibt es inzwischen auch CDs und Internet. Da laden wir sogar was herunter. Weißt du das?"

„Die hab' ich schon vor Jahren in Istanbul gekauft."

„Muss damals ein bleibenderer Eindruck gewesen sein. Vier Stück gleich! In Ereğli nicht eine."

Gleichzeitig beugte sie sich wieder vor und inspizierte ein paar Pappschachteln.

„Na, das ist aber ungerecht verteilt." Es klang echt entrüstet. „Nur vier Kassetten mit türkischer Musik und …" Sie schüttete eine der Boxen aus und fuhr mit einer Hand durch den Haufen. „… mindestens dreißig CDs aus Portugal oder so."

„Spanien. – Sind sogar ungefähr dreihundert. Ich mag deren Rhythmus."

„Rhythmus hat unsere Musik ja wohl mehr als genug. Hast du die Kinder an der Promenade schon vergessen?"

„Nun, mit der Sprache tu ich mir natürlich auch leichter."

„Dafür warst du da aber ein großer Türke. *Iyi bir fikir!*[13]"

„*Karnın aç mı?* Hast du Hunger?"
Der Running Gag in unseren Gesprächen. Leider mit der Unmöglichkeit ihr zu sagen worauf. Gerade war es halb sechs geworden.

„Hast du Reis?", fragte sie sofort zurück und ihre Augen schauten mich wieder an. Groß. Dunkel. Lächelnd. Lange würde ich das nicht ohne irgendwelche Folgen oder gar Schäden überstehen. Diese kleinen Fältchen in den Augenwinkeln waren zu allem fähig.

„Ich glaub schon."

„Und irgendein Gemüse?"

„Höchstens in Dosen."

„Das geht schon mal gar nicht."

„Wir können unten in dem kleinen Lädchen was kaufen. Kein Problem."

„Wir?"

„Warum nicht?"

„Und das Dorf hat sein Gespräch."

„Tut doch nicht weh. Kannst doch Besuch von mir sein. Oder!?"

„Nee, lass mal. Kauf du ein. Paprika, Karotten, 'ne Zwiebel und wenn's gibt eine Aubergine. Ich mach mich so lang an den Reis."

---

13   Eine gute Idee!

„... und rufst deinen Bruder an: Wenn du nicht bis zehn zu Hause bist, soll er kommen und dich befreien."

„Blödmann gibt's auch auf Türkisch", erwiderte sie mit einem unnachahmlichen Lächeln: „*Hadi!*"
Zurück vom Einkauf stellte ich die Tüte auf den Küchentisch. Tanem schaute nur kurz zu mir und ich musste ihr das Gemüse zeigen. Ihre Finger an beiden Händen wie Fächer gespreizt. An den Spitzen hingen ein paar Reiskörner.

„Die haben gute Ware, scheint mir. – Den Reis müssen wir mindestens dreißig Minuten ziehen lassen, damit die überschüssige Stärke rausgeht."
Sie wusch sich die Hände in der Spüle und ich stellte den Küchenwecker großzügig auf vierzig Minuten. Plötzlich hatte ich das Gefühl, Zeit gewinnen zu müssen. Ich wusste nur noch nicht wofür. Im Wohnzimmer stellte ich unsere beiden Tassen auf den Tisch. Tanem ging um mich herum und setzte sich aufs Sofa.

„Magst du was anderes trinken?", fragte ich.

„Zum Essen Wasser. Das reicht mir. – Du kannst dir gern einen Wein oder so genehmigen, falls du das wissen wolltest. Ich trinke keinen Alkohol."

„Dann bin ich solidarisch!"

„Heute." Nicht als Frage. Nicht als Einschränkung. Eher eine Feststellung. Wissend, dass ich es seltener, als ich nun behaupten würde, durchhielte.

„Wer weiß?!"
Ich versuchte ein verschmitztes Lächeln.

„Also allein?"

„Wie allein?"

„Du lebst allein. Davon hast du nichts erzählt."

„Ich bin dabei aufzuräumen."

„Aufzuräumen? *Aman Allahım!* Mein Gott, wie sich das anhört."

„Es ist nicht ganz einfach zu erklären."

„Oder doch: Du hast dich von deiner Frau scheiden lassen, weil du dich in eine andere verknallt hast. – Ist sogar sehr einfach."

„Nicht so. Weder das eine, noch das andere. Wobei ... stimmt nicht, ich ..." Ich schaute sie an. „... ich bin gerade wieder dabei ... ich meine, mich zu verknallen", fügte ich mutig geworden hinzu.

Zum ersten Mal wurde sie rot. Tanem rutschte auf die Kante des Sofas vor, stellte die Tasse ab und stand wortlos auf. Nach zwei Schritten meinte sie:

„Ich muss nach dem Reis gucken."

Einem Hund gleich folgte ich ihr.

„Vor ein paar Wochen hab' ich es noch nicht wahrhaben wollen", fügte ich hinter ihrem Rücken hinzu. Sie überhörte es geflissentlich. Wieder war ich zu feige, das Gefühl ehrlicher zu benennen. Selbst ein harmloser klingendes *Ich mag dich sehr*, ist manchmal schwer auszusprechen – auch in Deutsch.

„Zuerst müssen wir den Reis mit viel kaltem Wasser abspülen, bis das Waschwasser klar ist und dann abtropfen lassen."

Kein guter Satz, um mein Inneres weiter darzustellen. Mein Minianlauf dafür war schon zu Ende. Ohne zu zögern, zog sie die richtige Schublade auf und holte das große Sieb heraus und stellte anschließend den abgeschütteten Reis zur Seite. In den Minuten meines Einkaufs hatte sie wohl den Inhalt der Küchenschränke auswendig gelernt. In eine Pfanne gab sie daraufhin Öl und röstete zwei große Löffel trockenen Reis an. Dann gab sie den gewaschenen und abgetropften Reis hinzu. Nach drei, vier Minuten begann dieser wunderbar zu duften. Kurz überlegte ich, ob ich alles aufschreiben sollte, verwarf aber den Gedanken zugunsten einer weiteren Einladung an sie. Jetzt, wo ich doch *alles* von ihr wusste.

„Bevor du den Zettel unter den Scheibenwischer geklemmt hast, wollte ich es dir sagen", fing ich stattdessen wieder an. Mein Herz raste, den Puls spürte ich an beiden Seiten meines Halses. Gleich würde mein Blut aus den Ohren schießen.

„Ich war schon auf dem Weg, wollte dich einholen, aber ..." Ich versuchte sie anzuschauen, aber ihre langen Haare verhinderten es. Sie drehte die Temperatur herunter und schnitt zuerst die Zwiebel und dann die Paprika klein. Danach schüttete sie eine Tasse warmes Wasser, etwas Salz und Butter in die Pfanne und rührte einmal um. Das nächste Schnibbelopfer war die Aubergine. Das dunkellila Gemüse ergab sich ohne Gegenwehr seinem Schicksal.

„Ich weiß. Ich wusste es die ganze Zeit", murmelte sie halblaut, aber deutlich genug, „aber das ist nicht so einfach. Auch für mich nicht. Nicht, wie du es dir vielleicht jetzt vorstellst."

Mit einem nervösen Klappern deckte sie den Reistopf mit einem Deckel ab.

„Wie stelle ich es mir denn vor?"

„Ich weiß es nicht."

Sie nahm die zweite Pfanne, träufelte Öl hinein und sah mich endlich an. In ihren Augen ein tränennasser Film.

„Bild dir ja nichts ein. Ist nur die Zwiebel", sagte sie sogleich. Auch das Rot im Gesicht war verschwunden.

„Was macht denn das Buch, das du schreibst nun wirklich?" Nun hatten Stimme und Blick etwas Herausforderndes.

„Es gedeiht", log ich.

„Es gedeiht? – Ist das etwa eine Pflanze?"

„Bisweilen."

„Ah! Bisweilen", echote sie ein weiteres Mal: „Ich dachte, es sei über mich."

„Ist es doch auch! Aber es soll ja keine langweilige Biografie werden, deshalb ist es in diesem Fall seiner Zeit voraus. Und die Hauptpersonen machen deshalb Sachen, die sich der Autor wohl unterbewusst wünscht."

„Und was wünscht sich der Autor in diesem Fall."

Kam der Schimmer wirklich nur von den Zwiebeln?

„Dass es einfacher wird und ist, als alle sagen."

„Nichts im Leben ist einfach. – Es tut manchmal nur so. *Dann* ist es einfacher, zu leben."

„Egal wo man lebt?"

„*Kusursuz dost arayan dostsuz kalir[14]*. Ist auch so ein Sprichwort bei uns. Oder ich könnte auch eine alte Redensart meiner Eltern abwandeln und statt *Die Heimat ist nicht da, wo man geboren ist, sondern da, wo man satt wird* in *Die Liebe ist nicht da, wo man geboren wurde* ...“ Abrupt blickte sie zur Pfanne, warf, ohne eine Antwort von mir abzuwarten, die klein geschnittene Zwiebel und Aubergine in die heiße Pfanne und wendete das sofort brutzelnde Gemüse mit einem Holzlöffel so konzentriert um, als gäbe es nichts Wichtigeres. Mit den Fingerrücken strich ich ihr über die Wange und fühlte sie feucht werden. Leise fügte sie hinzu:

„Ich hatte gehofft, es wäre komplizierter und gleichzeitig ganz einfach – und beides nicht nur für mich. – Ich weiß nur, dass das heute Mittag kein Zufall gewesen ist. – Das an der S-Bahn.“

Vom geschwungenen Unterlid ihres linken Auges löste sich eine Träne und rollte mit schwarzen Bestandteilen des Lidschattens nach unten. Ein formidables schwarzes *T* war dadurch entstanden. Traurige Tanem-Tränen. Die Zwiebel war sicher nicht alleine schuld. Der Reis hatte derweil fast das ganze Wasser aufgesaugt. Ich wollte ihn umrühren, auch um von der Situation – vielleicht auch ein weiteres Mal mutlos geworden – abzulenken, doch sie hielt meine Hand kopfschüttelnd zurück.

---

[14] Wer einen Freund sucht ohne Fehler, bleibt ohne Freund.

„Nicht bevor er fertig gegart ist", kommentierte sie tonlos und tat die Paprikastückchen zum Gemüse, „fünf Minuten noch."

Mit einem Handrücken wischte sie die Träne weg und ergänzte:

„Ist wirklich nur die Zwiebel. – Scheiße!"

Gleich darauf hatte sie sich von mir weggedreht und war im Badezimmer verschwunden. Hinter der Tür Schniefen, Naseputzen und leise Selbstgespräche. Wäre es die dazugehörige Sprache, hätte man Denglisch dazu sagen können. Nach einigen Augenblicken hörte ich die Tür. Weiter leise kommentierend ging Tanem ins Wohnzimmer. Vermutlich um ihre Tasche zu holen. Gerne hätte ich sie jetzt in den Arm genommen. Aber mir fielen nicht einmal die simpelsten tröstenden Worte ein. *Wird alles wieder gut,* sagt man zu kleinen Kindern. Und Trost war ja auch eigentlich nicht nötig. Doch für meine Gefühle traute ich mich nicht. ARD und ZDF, die Wiederholung der Sendung von vor sechs Wochen. *Yasamak sevmektir.* Mein Gott war ich ein Idiot!

Gerade hatte ich zwei Schritte in ihre Richtung getan, war sie zurück ins Bad gegangen und die Tür auch schon wieder zu. Mit einem gewissen Trotz blieb ich vor ihr stehen. Auf dem Boden neben dem Türrahmen mein Rucksack mit dem Laptop. Seit Tagen unberührt. *Weißt du, was ihr euch da antut?,* hatte mich Regine gefragt. Und ich hatte ihr geantwortet *Mein Gott, wir leben doch im 21. Jahrhundert. Mag sein,* erwiderte sie, *aber ihr wer-*

det gute Segler werden müssen, bei dem vielen Gegenwind, den ihr abbekommen werdet. Als ich später an diesem Abend wieder daheim war, nahm ich zum ersten Mal nach Wochen den Rucksack und saß anschließend vor dem Laptop. Las zum soundsovielten Male die Zeilen, die ich in der Bucht und der kleinen Pension in ihn hineingeschrieben hatte. Im Kopf öffnete sich genauso zum soundsovielten Male das Sammelsurium der Erinnerungen. Schon auf Seite 31 endete mein Aufschrieb sinnigerweise mit dem Satz *Vielleicht, weil ich feige bin.* Ich klickte auf die nächste leere Seite, starrte auf das monotone Weiß und schrieb in die erste Zeile *sevgili Tanem,* liebe Tanem. Mir fielen lauter flammend wirkende Redensarten ein. Kitschige Stereotypen, die nicht einmal auf den Zetteln in meinen Taschen zu finden waren. Keine von ihnen war persönlich genug. Dann zog ich die Schublade auf und holte das einzige Bild, das ich von Tanem hatte, heraus. Noch schnell mit der Kamera meines Handys in unserer Bucht aufgenommen. Die Haare nach hinten gebunden, der knielange beige Rock, darüber das DKNY-Shirt, schulterfrei. Im Blick ein leichtes Lächeln. Ich betrachtete sie auf dem Bild und sie schien plötzlich in ihrer Bewegung und Entschlossenheit zu zögern. Mit einem Finger strich ich über das Papier. Der nächste Satz kam von alleine:

Ich halte das einzige Bild von Dir in Händen. Sehe Dich. Deine Augen. Deine trotz des Stirnbands wehenden Haare. Sehe die Tage, die wir dort verbracht haben und rieche immer noch die würzigen Kräuter und das Meer im Hintergrund und – natürlich – das Parfum Deiner Haut, das stärker ist als alles andere. Für wenige Tage war mein Leben leicht geworden und ich hab' es gar nicht richtig wahrgenommen. Blockiert, blind und dumm wie ich war. Erst jetzt, viel zu spät, erinnere ich mich an die Sehnsucht, die ich schon am zweiten Morgen verspürte, als ich auf meinem Platz lag und zu Deinem grünen Kastell hinunterschaute. Die Sehnsucht, Dich wenigstens am nächsten Tag noch einmal sehen zu dürfen und vielleicht am folgenden ein weiteres Mal. Ereğli. Immer wieder hab' ich Dich den Namen dieser Stadt aussprechen lassen. Hundertmal Dein Aman Allahım! Jetzt sitze ich hier vor dem Laptop und versuche es selbst. Doch dabei höre ich den Klang Deiner Stimme und mein eigenes Unvermögen. Deshalb verstumme ich, schließe die Augen und lausche. Du großer Türke, du! Ich lächle, blicke nach rechts und sehe die Sonne in Deinem Gesicht. Die Sonne, die daraus pures Gold zauberte und Deine Augen wie Jade schimmern ließ. Dein sanftes Lächeln dabei werde ich nie vergessen. Warum war ich die ganze Zeit nur so schweigsam, es kommt einer Lüge gleich. Um Dich jetzt zu finden, werde ich noch mal von vorne anfangen und zurückfahren müssen, um die wichtigste Frage zu stellen: Wo finde ich Dich?

Selbst jetzt schreibe ich nicht die drei Wörter. Die einzigen, die notwendig wären, alles zu sagen, alles, was ich nicht erklären konnte. Aus Angst vor einer

weiteren Lüge oder weil ich glaubte, die Kraft der Ge-
schichte zu überschätzen? Dabei war der letzte Mo-
ment der bisherigen so gewaltig.

Irgendwann am Morgen hatte ich die wenigen Zeilen zu Ende geschrieben und druckte sie aus. Seitdem lagen sie in der Schublade neben dem Bild. Ich
hätte sie nur herausnehmen, sie ihr geben und gar
nichts mehr erklären müssen. Doch blieb ich re-
gungslos vor der Türe stehen. So schnöde getan,
war es den großen Moment nicht würdig. Nach einer Weile drehte ich mich um und begann den
Tisch zu decken.

Intermezzo

Einige Zeit bestand Regines einziger Makel darin,
immer einen Freund gehabt zu haben, der es verhinderte, dass wir vor ungefähr einem halben Jahr
miteinander schliefen, was wiederum dazu geführt
hat, dass wir uns heute noch in die Augen sehen
können. Mehr noch, ich kann sie besuchen oder
zusammen mit ihr ausgehen, trotz Freund. Wenn
ich eine SMS erhalte, weil sie beispielsweise etwas
unternehmen will und fragt *Was machst du heute?,*
ärgere ich sie mit meiner alten Zuneigung und ant-
worte *Auf dich warten.* Oder kommt sie schon mal
zu einem Besuch oder Essen vorbei, weil ihr
Freund auf großer Fahrt ist, wie sie seine Fortbil-
dungen oder häufigen Montagen nennt, schreibe

ich auf ihr *Was soll ich mitbringen?, Keinen Schlafanzug* zurück. Das letzte Mal erhielt ich zur Strafe, *Ich bleib zu Haus,* als Antwort.

Aber damals, es ist also etwas mehr als ein halbes Jahr her, als das zu Ende ging, was nun die Puzzleteilchen hinterlassen hatte, war es Regine, die mir eine Gebrauchsanweisung für mein zukünftiges Leben mitgab. *Spiel nicht den Beleidigten! – Du bist genauso schuld! – Reiß dich zusammen, vor hundert Jahren hätte keiner von uns eine zweite Chance erhalten. – Andere Mütter haben auch schöne Töchter.* Andere Mütter haben auch schöne Töchter, genau dies war seinerzeit, also vor ungefähr einem halben Jahr, der gefährliche Satz gewesen und ich nahm Regine mit einer eindeutigen Geste in den Arm, was sie fast genauso heftig erwiderte. Währenddessen nuschelte ich ihr irgendwas zwischen *Wenn du wüsstest, wie recht du hast!* und *Dann kommst du mir ja gerade recht* unter ihr rechtes Ohr. Sie wehrte sich nicht, sondern zog nach einer Handvoll Sekunden lediglich die Luft scharf zwischen den Zähnen ein und meinte:

„Wir werden uns gegenseitig zerfleischen und nach einer Woche haben wir noch mehr aufzuräumen oder glaubst du, so eine wie ich und so einer wie du haben eine gemeinsame Zukunft?"
Trotzdem ließ sie es mit einem unmissverständlichen Seufzer zu, dass ich ihren Bauch und ein gutes Stück ihres Busens, nachdem ich schon fast ihren BH ausgezogen hatte, mit Küssen pflasterte.

Während ihre langen Haare meinen Nacken streichelten. Doch als ich ihre Hose öffnen wollte, meinte sie nur:

„Lass mal, das gibt nur einen vollkommenen Erklärungsnotstand."

Sie schloss den Reißverschluss, zuppelte ihre Kleidung wieder zurecht, trank einen ordentlichen Schluck Bier aus der Flasche und in der Sekunde drauf war unsere kurze Zügellosigkeit reine Vergangenheit und in den späteren Erinnerungen nicht mit unseren Namen verbunden. Um auch die optische Wiederherstellung komplett zu machen, legte sie ihre langen dunkelblonden Haare auf eine Seite ihres Kopfes und machte mit ihrem stolzen Aussehen jeder Wikingerfrau alle Ehre. Anschließend meinte sie:

„Zerfleischen ist wahrscheinlich sogar noch untertrieben."

aile – Familie

„Du möchtest aber immer noch eine Familie?", fragte ich Tanem und legte die Gabel zur Seite. Der türkische Reis war ihr phänomenal gelungen.

„Logisch! Warum fragst du?"

„Muss das nun ein Türke oder Deutscher sein? Ich weiß, die gleiche Frage wie vor Wochen."

„Meinen Eltern wäre es egal."

„Okay, ich recke meine Hand und melde mich hiermit."

„Wir zwei? Wie soll man das essen können?"

Hatte sie etwa Regine als Beraterin? Ich ließ mich nicht abbringen:

„*Eline sağlık!*[15]", sagte ich bloß. Und war verwundert darüber, wie gut es diesmal klappte.

„Ich würde auch noch Ja sagen, weil ich dich ..." Sie schaute mit schmalen Lippen zur Seite. In ihren Augen wieder ein feuchter Glanz: „Aber ..."

„... aber es geht nicht so einfach, wie ich es mir denke. Ich weiß! Wenigstens magst du mich. Immerhin. Aber auch das weiß ich schon."
Tanem nickte und nippte an ihrem Wasserglas. Der Ersatz für ein *Dann ist ja gut.*

„Deine Aishe hat damals den Jackpot gewonnen."

„Mmh." Es sollte eigentlich ein verwundertes *Warum?* werden.

„Er kommt aus einer türkischen Familie, hat einen türkischen Namen, ist trotzdem Deutscher, ist hier großgeworden und benimmt sich darum wie ein solcher. Perfekt."

„Wo ist das Problem?"

„Du bist nicht türkisch genug."

„Für dich werd' ich Moslem."

„Darum geht es nicht."

„Dann werde ich Türke."
Tanem lachte. Sie schien tatsächlich amüsiert.

„Auch darum geht es nicht. So schön das alles wäre. Die türkischen Nachbarn erzählen. Die Freunde lästern. Die Verwandten in der Türkei.

---

[15] Ähnlich einem *Es schmeckt!*

93

Alle. – Und du würdest keinen von ihnen verstehen, wenn sie sich das Maul zerreißen. Du bist halt nur ein Deutscher."

„Die können sich über mich das Maul zerreißen, wie sie wollen. Du bist mir wichtig, nicht die anderen."

„Aber meine Eltern, Freunde und Verwandten wären denen ausgeliefert."

Langsam dämmerte es mir. Die Familie galt noch etwas in ihrer Kultur, ob das nun antiquiert oder noch zeitgemäß war, konnte und durfte ich nicht entscheiden. Es war nicht unbedingt nur meine Feigheit, sondern auch ein wenig die Tradition.

„Bevor ich dich in deinen vier Wänden besuche, müsstest du um meine Hand angehalten haben."

„Wenn ich mir eine gute Lüge für heute Abend einfallen lasse, wäre das ja keine Schwierigkeit."

„Lügen kann ich selbst."

„Und dein Bruder? Dürfte er …?"

„Er ist ein Mann, da ist das tatsächlich egal. Freunde von ihm haben Deutsche, Kroatinnen und Italienerinnen als Frau. Die werden höchstens wegen ihrer Schönheit begutachtet, und wehe, es passt nicht, aber bei mir würden sie fragen, warum ich keinen türkischen Mann genommen habe. – So wie du es mir erzählt hast, hat Aishe wirklich ein seltenes Losglück gehabt."

noksan – fehlt noch

Eltern. Bruder. Keine Schwester. Ein Haus für alle. Darin eine eigene Wohnung. Zusammen mit dem Bruder. Also doch nicht mehr als ein eigenes Zimmer. Eher wie in einer deutschen Kindheit. Dennoch alles andere als ärmlich wirkend. Höchstens unmodern, dabei vollendet geborgen. War jemand krank oder gab es etwas zu erledigen, kein Problem: Ein Stock weiter oben oder unten gab es Hilfe. Wir dagegen lieben riesige Einfamilienhäuser, in denen man sich verlaufen kann, und, wenn man ein bestimmtes Alter erreicht hat, von Tag zu Tag einsamer wird.

Unsere Ansichten müssen nicht immer die fortschrittlicheren sein. In dreißig, vierzig Jahren sterben wir auf diese Weise also alleine. Zurückgelassen oder zumindest zurückgezogen. In einer großen Wohnung oder diesen Häusern. Tanem aller Voraussicht nach umgeben von einer Familie. Einsamkeit wird einem nicht zuteil, sondern ist das Ergebnis falscher Modernität, dachte ich jetzt. Wir leben in einem neoliberalen Altertum, gleich darauf. Während Tanem von ihrem Vater erzählte, wurde ich langsam neidisch.

Einen Vater zu haben, der wie ihrer aus Spaß den Tank leer fährt, ist wirklich ein modernes Schelmenstück. Das Verlogenere hatten wir beide live erlebt. In Stuttgart wurde für den ernsthaft gemeinten Protest gegen die Umweltzerstörung fässerweise Benzin verjubelt, damit man überhaupt teilnehmen konnte. Er hingegen tat es zu seinem

Spaß, zum Beweis seiner Freiheit, der alten abgelegten Armut. Doch was würden Nachbarn erzählen, wenn zum Beispiel ich es täte? Tanems staunten sicher über so viel Souveränität. Über so viel Stolz, Unabhängigkeit und Eigenwilligkeit. Genau wie sie selbst.

Für meinen Vater hingegen war so etwas vollkommen ausgeschlossen. Seit jeher. Über einen solchen Schatten, seinen Schatten konnte er nicht springen. Auferlegt durch die Erfahrungen in den Nachkriegsjahren, in denen jeder Tropfen, jeder Krümel, jedes noch so kleine Stückchen zählte. Dabei hatten Tanems Eltern sicher mit Armut, bevor sie nach Deutschland kamen, genug zu tun. So konnte mein Vater ihr nur leidtun, einerseits aufgrund seiner schweren Krankheit, die ihn inzwischen in einem Rollstuhl gefangen hielt, andererseits wegen der nie gelebten Freiheit, die nun durch diese auch nicht mehr möglich war, weil er eben nicht über seinen Schatten springen konnte. Und Tanems Mutter? Lebte! Das ist der größtmögliche Unterschied, denn meine war schon vor Jahren gestorben. Allein. Die Familie in diesem Moment verstreut. Zwischen Holland und Allgäu.

„Was räumst du auf?"

Aus unzähligen Gedanken geholt, antwortete ich mit dem letzten Wort, das in meinem Kopf aufgetaucht war:

„Gelebtes."

„Gelebtes?"

„Vergangenes. Unkenntlich Gewordenes. Reste eines 1000-Teile-Puzzles, die für sich keinen Sinn mehr ergeben. Auf einem sieht man ein Stück Haus, das alles sein könnte: Kamin, die Kante eines Balkons oder die Ecke am Kellerabgang. Auf dem anderen etwas Grünes: Baum, Busch oder gar nur ein Blatt in der Wiese. Aber die wirklich wichtigen Teile fehlen, sind verloren gegangen oder abhandengekommen. Damit ist das Bild, das Motiv futsch."

„Das klingt schrecklich."

„Warum? Was übrig geblieben ist, sind Hinterlassenschaften. Dinge, die der andere nicht mitgenommen hat, weil er sie selbst nicht mehr gebrauchen konnte oder wollte."

„Und die entstandene Lücke soll ich nun ausfüllen?"

„Es gibt keine Lücke."

„ ? "

„Schau!"

Ich nahm ein Blatt Papier und zeichnete eine lange Linie, darüber eine kürzere, die irgendwo in der Mitte der anderen endete. Dann schaute ich Tanem an, wartete auf eine Reaktion. Ihre Stirn war in Falten. Sie rätselte. Ich tippte auf das Blatt und zog mit einem fingerbreiten Abstand zu der kürzeren eine zweite Linie. Parallel zur langen.

„Das bist du oder könntest du sein. Das leere Stück dazwischen, das du meinst, ist im besten Fall die Lücke, leer und aufgeräumt."

Unauffällig schaute sie auf die Uhr, während sie aus ihrer Tasse trank und erschrak sichtlich. Mitternacht war längst vorbei. Bevor sie reagieren konnte, meinte ich:

„Du kannst hierbleiben und schlafen, Platz hab ich genug – wenn du willst?!“
Das meinte ich ernst! Natürlich. Natürlich ohne Hintergedanken. Drei Sekunden Stille. Ausgefüllt von ihrem Blick. Dann:

„Das kann ich nicht machen.“
Sie sagte nicht *Du bist wohl verrückt geworden?* oder *Bescheuert, wie?*. Ich hatte auch keine Vollmeise. Also war nichts unmöglich.

„Ich meine, du in dem Bett, ich hab' frische Wäsche, und ich im Wohnzimmer. – Logischerweise.“
Immer wieder ihre Augen. Groß. Dunkel. Lächelnd. Diesmal mit einem Quantum Wehmut, das dennoch ausreichte, ihre Träume zu zeigen, trotz der zwiespältigen Gefühle. *Komm! Geh! – Nimm mich mit! Lass sein! – Sag was Schönes! Sei still! –* Wie vor Wochen in Ereğli.

Aber auch mein zauderndes und herumeierndes Geschwafel taugte nicht halbwegs für eine Perspektive, die sie hoffte zu hören, von der sie hoffte, sie würde eine Zeit lang eine Zukunft versprechen, eine die wiederum lang genug wäre – wenn sie dann doch zu Ende ginge – als ein Teil ihres Lebens anerkannt zu werden.

Nur jetzt fiel es mir auf. Und dass ich sie die ganzen Wochen wirklich vermisst habe. Wie das Meer die Wellen. Der Himmel die Wolken. Die Blumen den Regen. Das Ufer den Fluss. Die ganze

Zeit. Leise. Ohne es mir einzugestehen. Ohne es ihr zu sagen. Trotz der Zeilen, die ich geschrieben hatte. Weil ich dachte: Das war's. Und auch weil Regine zweifelte und mich mit ihren Einwendungen unsicher gemacht hatte. Nichtsdestoweniger vermisste ich sie, diese Augen, ihre Antworten und Reaktionen. Diese Geschichte war doch stärker.

Hatte sie es nicht selbst gesagt? Urlaub und Alltag sind zwei verschiedene Stiefel. Dabei hatte sie sich für das letzte Treffen mehr als nur hübsch gemacht, mit der kurzen Jeansjacke, der langen, fein grau gestreiften Bluse und der schwarzen Leggins, und ich Blödmann stand nur mit einer nassen, vielleicht auch noch schief sitzenden Badehose da. Alles andere als schick. Dazu gelähmt, flügellahm und niedergeschlagen, weil sie am nächsten Tag nach Istanbul reisen würde. Was für eine jämmerliche Darstellung meinerseits für das letzte Bild der Erinnerungen. Wenn ich jetzt noch etwas in meinem Leben geradebiegen wollte, war sie diejenige, die ich für das Aufräumen, Staubwischen und Ordnen bräuchte. Sonst verlotterte ich noch mehr. Von den achterbahnfahrenden Gefühlen ganz zu schweigen. Man kann halt sein Leben eben nicht jedem recht machen.

„Ist wirklich kein Problem."

„Für dich."

Kahvaltı etmek – frühstücken

„Iyi! Also gut. Ich bleib hier heute Nacht. Vielmehr ich muss.‟

Sie ackerte zum wiederholten Mal mit beiden Händen durch ihre Handtasche. Nun war auch ein Uhr morgens längst vorbei. Leise stieß sie einen türkischen Fluch, Spruch oder Ähnliches aus. *Ters giderse insanin isi, muhallebi yerken kirilir disi*[16]. Dann wieder laut genug:

„Echt! So was Bescheuertes. Ich hab tatsächlich meinen Schlüssel vergessen. Ist mir noch nie passiert. Total verrückt. Komisch!‟

Fröhlich hörte sich anders an.

„Und zu Hause ist niemand, der dir aufmachen könnte?‟

„Bis ich zu Hause bin, ist es sicher zwei, wenn nicht später. Da will ich auch niemand mehr wecken.‟ Sie ließ sich zurücksinken und die Handtasche auf den Teppich kullern. „So ein Mist! – Aber damit das klar ist: du in deinem Schlafzimmer und ich hier auf dem Sofa. Ich hau' morgen so früh wie möglich ab. Um sechs geht mein Bruder zur Arbeit. Spätestens da steh ich daheim vor der Tür.‟

„Aber ...‟

„Kein aber, das Ding hier ist groß genug und eine Decke liegt auch da. Also mach dich fertig und ab. Dann hab' ich noch ein paar Stunden Schlaf.

---

[16] Wem alles schiefgeht, dem bricht auch der Zahn beim Puddingessen ab.

Und kann mir überlegen, bei welcher Freundin ich kurzfristig übernachten war."

„Kannst mich ja einschließen – zur Sicherheit", sagte ich und meinte es als Scherz.

„Mal sehen." Sie nicht.

„Ich habe dir sogar eine neue Zahnbürste."

„*Aman Allahım!* Himmel, was ist das hier? Du bist ja auf alles eingerichtet. Hier gehen die Mädels wohl ein und aus? Vielleicht sollte ich mir eine ganz andere Ausrede einfallen lassen, anrufen und doch nach Hause gehen."

„Es sollte ab morgen meine werden, guck dir die alte an, die sieht aus wie meine Frisur."

Eine Viertelstunde später lag ich in meinem Bett. Frisch gewaschen und die Zähne trotz des ollen Dings adrett geputzt. Die Tür natürlich zu. Minuten später drehte Tanem tatsächlich den Schlüssel um. Entschlossen und laut. Ich schmunzelte und machte das Licht aus. Natürlich konnte ich nicht einschlafen, denn ich lauschte auf jedes Geräusch von ihr, die tapsig klingenden Schritte, nachdem sie die Schuhe ausgezogen hatte, das Eingießen von Wasser in ein Glas, das Wühlen, als sie vermutlich wieder in ihrer Tasche herumkramte, um dem Spuk doch noch ein Ende zu machen, dann wieder die Tapser ihrer Schritte, verbunden mit deutsch-türkischen Vorhaltungen gegenüber sich selbst und der Welt, mit der sicherlich ich gemeint war, dann endlich das Öffnen und Schließen der Duschtüren, das Plätschern des Wassers in der

Kabine und das Öffnen der Türen wieder nach Minuten.

Dann hörte ich nichts mehr und stellte mir vor, wie sie sich abtrocknete. Die Kenntnis ihrer Figur im mintgrünen Bikini war dabei ausreichend, diesen in Gedanken wegzuhexen und daher wie geschaffen für sehr private Männerfantasien mit unübersehbarer Wirkung. Gefühlte Stunden verstrichen. Vielleicht war ich doch eingeschlafen und ins Reich der Träume weggedämmert.

Plötzlich der Schlüssel in meiner Zimmertür. So leise wie möglich. Ich lugte unter einem halb geöffneten Lid hindurch. Das Zimmer war zwar dunkel, aber eine Straßenlaterne warf genügend Licht durch die nicht ganz geschlossenen Rollläden. Lange glänzende dunkelbraune Haare, weißes T-Shirt und weißer Slip näherten sich. Von der Decke aus dem Wohnzimmer, die sie wie einen Poncho umgehängt hatte, nur lückenhaft, aber dafür vielversprechend umhüllt. Drei Meter später stand sie neben dem Bett. Ein dunkler verführerischer Schatten unter dem Stoff des Slips. Ein Fantasiebeschleuniger, den ich am besten gleich wieder vergessen sollte.

„Wahrscheinlich bin ich gerade durchgeknallt oder verhext worden. Womöglich hast du mir was ins Wasser oder den Tee getan. Aber *kusursuz dost arayan dostsuz kalir.* Und damit du's weißt, ich habe null Ahnung – von allem. Und wenn das rauskommt, bringt dich mein Vater um oder mich oder uns beide."

Ich schaute sie an. Betrachtete sie, als seien wir in ihrem grünen Kastell an der Küste. Wieder gönnte sie mir ihren Anblick. Wieder fünf Sekunden lang. In dem Moment, als ich meine Hand nach ihr ausstrecken wollte, wich sie zurück und lag gleich darauf schon neben mir. Auf meiner einsvierzig breiten Männersolomatratze. Mehr Bett war in *meinen* bislang gültigen Vorstellungen über die Zukunft, die da hätte noch kommen können, nicht mehr nötig gewesen, vor allem nach dem, was gescheitert war. So war diese immer zugleich breit genug für alle Eventualitäten und schmal genug, um nicht jeden Morgen ein leeres Bett neben mir zu spüren.

Tanem jedoch war nicht die Eventualität, sondern die Verkörperung für jeden Morgen in meinem Traum. Ich hob die Decke und legte sie über sie, während Tanem ihre mit einer gewissen Bestimmtheit als Abwehrmaßnahme zwischen uns stopfte. Trotzdem schob sie weiter unten ihre Füße zu meinen herüber. So spürte ich sie knapp dosiert an meinen Beinen und eine Brust an einem Arm. Füße kalt, Brust vermutlich warm, aber vom Stoff ihres Shirts verborgen.

„Meinst du etwa, ich hab Ahnung?", flüsterte ich.
Obwohl ihre Zehen an meinem Bein entlangschubberten – in diesem Moment war ich der Überzeugung, dass sie es selbst so nicht fühlte wie ich – bewegte ich mich keinen Millimeter. Sogar meine Atmung stellte ich wieder einmal für Sekunden ein, um sie gleich darauf viel zu laut in Gang zu

setzen. Es musste wie ein verräterisches Signal geklungen haben.

„Was hast du vor?", fragte sie nämlich gleich darauf. In ihrem Tonfall schwang nun eine Ängst-
lichkeit mit. Ihre gerade noch vorhandenen kör-
perlichen Nähen hatten sich deshalb mit einem
Mal in kaum überwindbare Distanzen verwandelt.
Füße weg, mein Arm leer. Die dick zusammenge-
rollte Decke noch ein wenig aufgebauschter zwischen uns. Dabei ließen die Einsvierzig nicht sehr
viel mehr Abstand zu.

„Gar nichts. Überhaupt nichts. – Wirklich. Wir
müssten zuvor ja sogar noch das Küssen üben",
lachte ich und fuhr dann fort:

„Ich würde dich gern nur ein wenig näher spüren wollen, deinen Kopf an meiner Schulter zum
Beispiel. Dann schlafen wir. – *Aşk geline kadar ...*"

„Du großer Türke, du."

„*Nasıl isterseniz!*"

„Dann ist gut! Aber damit du's weißt: *Kahvaltı
etmek istiyorum!*[17]"

„Ich sagte ja: *Nasıl isterseniz!*"

„*Her gün!*"

---

[17] Bis die Liebe kommt ... / Wie Sie wollen / Ich möchte ...
frühstücken

memnuniyetle – sehr gerne

Bewegungslosigkeit. Minutenlang.
Stille. Ebenso.
Die Deckenbarriere ein paar Zentimeter nach unten verschoben.
Somit ihre kalten Füße nicht mehr an meinen Beinen.
Dafür mein Oberarm unter ihrem Kopf. Ihre langen Haare auf der anderen Seite.
Daher freie Sicht auf ihr schlafendes Profil.
An Schönheit nicht zu übertreffen.
Unser Atmen bemüht kontrolliert.
Abschnittsweiser Schlummer.
Maximal für ein paar wenige Minuten.
In diesen plötzlich Stuttgart 21 im Singular. Als kurzer Traum. *Du* kriegst mich nicht los! Das Banner fliegt auf meine Stirn. Ich wische es nicht weg. Nein! Ich reiße es ab und stopfe es in eine Tasche. Die Menge jubelt und zeigt in den Himmel. Auch ich strecke meine Hände. Weit nach oben. Mit Victoryzeichen. Meine Plastiktüte rutscht mir dabei aus den Fingern und wird weggekickt. Egal! Grabbeltisch. Ein leichter Stoß in meine Rippen. Nicht schlimm. Ohne Schmerz. Wie auch. Denn ich weiß, ich träume. Und wieder ein Stoß. An dieselbe Stelle. Kein Traum. Tanem. Wirklichkeit. Doch ich penne vor mich hin.
    „Beni sevdiğinden emin misin?[18]*"*
    „Daima!"

---

[18] Bist du dir sicher, dass du mich liebst?

Immer! Ich öffne die Augen und sie schaut mich an. Sie hatte tatsächlich gefragt und ich geantwortet. Nicht im Traum.

„Wenn das nur gut geht?!"

„Warum nicht?"

„Du kennst mich nicht."

„Ach, ist jetzt plötzlich alles anders geworden?"

„Wir werden sehen."

„*Memnuniyetle*", freute ich mich.

III.

günaydın – Guten Morgen

Wir wachten später tatsächlich gleichzeitig auf. Oder taten so. Jeder prüfte, ob der andere schon wach war, und schloss sofort die Augen, wenn er sich beobachtet fühlte. Dies ging einige Minuten so. Die schon aufgegangene Sonne zauberte Zebrastreifen ähnliches Licht durch die Schlitze der Rollläden auf uns. Beziehungsweise auf die Decke. Sie lag auf der Seite. Ihr Kopf auf meinem taub gewordenen Oberarm und eine Hand, wie zufällig hingeworfen, ungefähr da, wo mein Herz schlug. Allerdings mit den Lagen der Decke und meines Schlafanzugs dazwischen. Trotzdem wollte ich dieses Gefühl für die nächsten Jahrhunderte nicht wieder hergeben und tat weiterhin so, als wenn ich immer noch nicht wach wäre. Dann blinzelten wir uns im gleichen Moment an und sie zog sich zurück. Zwischen uns immer noch die Abwehr-Decke von gestern Nacht. Genauso hoch. Genauso bestimmt. Womöglich hatte sie deren Sitz sogar öfter kontrolliert.

Tanem rollte auf den Rücken, hüstelte leise, flüsterte *günaydın* und schlug ihren Teil der Zudecke zurück, um aufzustehen. Doch sie blieb liegen. Die Zebrastreifen musterten nun ihren Körper. Meine Augen auch. Das Shirt war nur leicht verrutscht. Nach oben. Dadurch Bikini-Bauch-Optik. Der Nabel lag im Schatten, eine Beinbeuge im Licht. Ihre Brüste blieben verhüllt und wurden von dem weißen Stoff, als seien sie aus Gips, wunderbar modelliert. Den BH darunter hatte sie abgelegt. Unpassend oder gerade deswegen passend dachte ich an das Hohelied aus der Bibel, vor ein paar Tagen zufällig aufgeschlagen: *Deine Brüste sind wie Gazellenzwillinge, dein Schoß wie ein runder Becher, dem niemals Getränk mangelt.* Keine Ahnung, ob es im Koran etwas Ähnliches gab. Ich hoffte es. Bei Gelegenheit würde ich sie fragen wollen. In dieser Hinsicht wird in der Bibel nie von einer Lüge gesprochen. Ihr zweites Hüsteln riss mich aus weiteren Gedanken und stoppte eine unter Umständen bald herumirrende Hand von mir. Dann meinte sie:

„Willst du nicht aufstehen?"

Ich wurde schlagartig rot. In meinem Kopf Buchstabensalat und verbaler Notstand. Die Südhälfte meines Körpers erlaubte kein lässiges Aufstehen, kein lockeres *Okay, ich mach mich dann mal fertig und uns das versprochene Frühstück.* Was sie zu sehen bekäme, egal, wie ich mich nun aus dem Bett herauswinden würde, hätte selbst den Papst nicht nur beeindruckt. Aber ein *Mach mal die Augen zu* fiel mir auch nicht ein.

„Das geht grad nicht", war stattdessen meine knappe Antwort. Ich sah, dass sie grinste.

„Hast du keine Hose an?"

„Ja doch. – Natürlich."

„Ich dachte nur. – Aber zu deiner Beruhigung, ich hätte so was schon mal gesehen."
Es folgte ein angedeutetes Nicken.

„Weißt du, ich habe einen Bruder."

„Auch wenn du einen Bruder hast."
So? Beim Bruder? Daran zweifelte ich doch. Wie auch? Oder kaufte sie entsprechende Zeitungen. Ha ha ha, machte ich stumm in mich hinein.

„Er sieht aber gerade nicht so aus."

„Er?"

„Ja – nein – keine Ahnung – *der* Penis halt – ich weiß nicht, wie ihr dazu sagt?"

„Sachen, die ich niemals sagen würde", erwiderte sie kichernd und entsetzt und über sich selbst erschrocken. Egal wie neugierig ich war, sie würde es mir nicht weiter erklären.

„Aber vielleicht klingen sie besser als unsere."

„Es klingt eher gleich."

„Warum wundert dich dann das Er?"

„Weil das kein Mann bei uns sagt."

„Woher weißt du es dann?"
Sie schaute mich lediglich mit hochgezogenen Augenbrauen an.

„Aber dafür kannst du fluchen?!"

„Schlimmer als irgendjemand von euch", lachte sie.

Das kleine Gespräch über dieses rein männliche Problem war beim besten Willen nicht dafür geeignet den gewissen Zustand an mir zu verändern. Im Gegenteil. Auch weil sie in diesem Moment eine Hand unter ihr Shirt gleiten ließ und ihren Bauch rieb. Hypnotisiert starrte ich auf eine Spitze ihrer Brust, weil sich unter dem Stoff ein kleiner Gipfel aufmachte in die Höhe zu wachsen.

„Nun denn, dann geh ich jetzt mal ins Bad. Ich zieh mich dann im Wohnzimmer wieder an", meinte sie und schaute auf meine Decke, als wenn es etwas zu entdecken gäbe, was sie von ihrem Bruder noch nicht kannte.

Mein wackelnder Kopf sagte Ja, sagte Nein, sagte Warte! – weil er noch dabei war die Bewegung zu planen, die notwendig war, sich hinüberzubeugen und sie zu küssen – sagte nichts. Damit war er auch schneller als meine Hand, die nur in Gedanken auf dem Weg zu ihr war. Bevor ich überhaupt was tat, war sie schon längst aus dem Bett gesprungen und zog mit einem Ruck plötzlich die Decke weg. Den Blick dabei neugierig auf meinen Schoß gerichtet. Der Stoff meines Pyjamas war eng und dünn genug, um das Darunter nicht erklären zu müssen, ich hingegen zu langsam. Obwohl ich nicht gewusst hätte, wofür. Im gleichen Moment schlug sie die Hand vor den Mund, aus dem ein hoher kicksender Laut kam und drehte sich um.

Aman Allahım! Weia, so in echt sieht das ja richtig gefährlich aus."

„In echt? – Ich habe doch noch die Hose an", meinte ich und vollführte irgendwelche Turn- übungen mit meinen Beinen.

„Das soll auch so bleiben."

Prustend und wieder irgendwelche Dinge brum- melnd ging sie ins Bad.

Ich saß auf der Bettkante und wollte mich gerade ausziehen, als sie kam und im Türrahmen stehen blieb. Unerwartet. Verführerisch. Nackt. Das Hemd halb über den Kopf gezogen, sah ich sie ver- dattert an. In dieser Pose gab ich sicher eine prima Witzfigur ab. Doch das interessierte sie wenig. Denn:

„Tut es sehr weh?"

Meine Arme fielen ohne Zutun runter. Mein Shirt, eine zerrissene Fahne auf meinen Schultern. *Tut es sehr weh?* Hatte ich richtig gehört? Alles hätte ich jetzt erwartet. Nur nicht *Tut es sehr weh.* Ich musste erst mal zu mir kommen, mich vielleicht kneifen, um aus dem Traum aufzuwachen, und hatte keine Ahnung. Ich hatte auch keine Antwort parat. Ich hatte nur sie vor Augen. Die Verkörpe- rung meines Traums für den Morgen. Die schmale Taille, die makellose, sportliche Figur, den großen wilden Busch, die walnussbraunen Höfe ihrer Brustspitzen, die langen dunkelbraunen Haare, die sich Locke für Locke wie ein Wasserfall immer und immer wieder über ihre Schultern ergossen, ihren Mut und ihre gleichzeitige Unentschlossenheit für diese Frage, die sie wohl etwas zittern ließ. Und natürlich ihre Augen. Groß. Dunkel. Doch diesmal alles andere als lächelnd.

Tut es sehr weh. Ich bin keine Frau, ich kenne nicht dieses Gefühl und dachte plötzlich an die vielleicht vorhandene Angst von ihr, mich nachher wie ein scharfes Messer tief im Leib stecken zu haben. Ich setzte mich wieder aufs Bett, lehnte mich an das Kopfende und suchte nach Wörtern. Tut es sehr weh. Das würde ich ihr am allerwenigsten tun wollen.

„Es ist das erste Mal für dich, nicht wahr?"
Keine besonders intelligente Feststellung. Vielmehr hätte ich es wissen müssen, zumindest ahnen. Aber meine Stimme klang wohl beschwichtigend einfühlsam und ehrlich, denn sie nickte, dann versteckte sie ihre Scham hinter ihren Händen und trat einen Schritt zur Seite, um hinter der Lehne des Stuhls mit meiner Wäsche etwas Schutz zu finden. Es half nur halb, denn ihre verdammt schönen Brüste blieben unverhüllt und hypnotisierten mich.

„Selbst, wenn ich im höchsten Maß zärtlich wäre und wir uns sehr viel Zeit lassen würden, befürchte ich, dass es etwas wehtun könnte."
Was für ein erhabener Ton in meiner Stimme! Schüler hätten nun unweigerlich einen Lehrer in mir erkannt. Den Typ, der von allem Ahnung hat und dies bei jeder Gelegenheit zu erkennen geben muss. Obwohl er am Ende nicht Bescheid wusste. Doch auch diesen Tonfall hatte sie nicht bemerkt. Tanem hob ihren Kopf, atmete tief ein und

schürzte ihre Lippen. Nach einer kleinen Weile flüsterte sie:

„Also gut, irgendwann muss ich da ja mal durch."

Mit ihrer Antwort stand sie auf der anderen Seite neben dem Bett und legte sich wieder neben mich. Logischerweise etwas steif, etwas ungelenk und etwas mehr als ängstlich wirkend. Während ich etwas steif, etwas ungelenk und noch etwas unwissender als sie auf meiner Seite des Bettes runterrutschte, bis wir Schulter an Schulter lagen. Ich, das Shirt längst wieder übergezogen und mit der gleichen Beule in der Hose, die Gott sei Dank wieder von der Decke bedeckt wurde, sie – nackt.

Ich drehte mich auf die Seite und betrachtete sie. Ihre Augen waren geschlossen und ihr pumpendes Schnaufen ähnelte einem Teilnehmer eines gerade absolvierten Dauerlaufs. Eher als Beruhigung gedacht, als Einstimmung auf den nun von ihr erwarteten Geschlechtsakt, legte ich eine Hand auf ihren Bauch, weit genug entfernt von etwaigen erotischen Gefahrenzonen. Trotzdem verspannte sie sich und hörte, wie ich zuvor, auf zu atmen. Ihre Hände krallten sich ins Laken und ihre Beine wurden lang. Wäre sie nur ein wenig weiter unten gelegen, hätte sie das Fußende mit ihnen weggestemmt. Gleich würde sie wieder aufstehen und in null Komma nichts die Wohnung verlassen haben. Denn ansonsten würden nun lauter Dinge passieren, die einerseits zwar angeblich schön, aber vollkommen diffus und vor allem durch die Erziehung unerlaubt waren. Doch blieb sie wieder liegen.

Legte eine Hand zwischen ihre Brüste, schluckte und schnappte nach Luft. Mit weit aufgerissenen Augen schaute sie mich an und japste:

„Mein Gott, ich muss für dich doch eine ganz schön dumme Kuh sein."

„Quatsch!", widersprach ich leise, „aber schön auf jeden Fall."

„... wie viele Mädchen hast du schon gehabt?" Sie drehte ihren Kopf nur etwas zu mir. In ihrem Blick ziemlich viele Fragezeichen. Ein schlechter Moment für die ganze Wahrheit.

„Schon eines wäre zu viel für die Moralvorstellungen in eurem Land."

„Nur eines wäre genauso gelogen wie von unseren Männern."

„Aber ..."

„Für viele Männer gelten andere Selbstverständlichkeiten. Aber trotzdem, bei uns ..., das heißt, also ... wie soll ich sagen ... die meisten in unserem Land haben sich einander bis zur Hochzeitsnacht noch nie nackt gesehen und auch viele von ihnen später nicht, trotz drei, vier oder mehr Kindern. Selbst in den ganzen Hochzeitsnächten geht es nur aus anderen Gründen wild zu. Immerhin sind Hunderte von Gästen da. Alle wollen mit dir feiern und quatschen, den Kerl angucken, der einen ausgewählt hat und berichten können, dass man eine gute Wahl getroffen hat. – Das Ganze, was angeblich geschehen sollte, kommt häufig erst Tage später zustande. Oft genug zackig, lieblos und *daher* mit Schmerzen verbunden. Hat mir eine Freundin erzählt. Deren Mann war betrunken, zog sie an jenem Abend in einen Nebenraum und sie dachte ständig an die Leute, die ja extra zu dieser Feier gekommen waren und womöglich noch auf sie warteten, wegen all der Nachrichten, die später über sie verkündet werden sollten. Aber darauf kommt es auch nicht an, denn eigentlich will ich was ganz anders sagen. Auch wenn ich es nicht allen recht machen kann, hätte ich hier gern mit einem Teil der Traditionen gelebt, aber das ist wohl nicht machbar. Ihr Deutschen kennt sie nicht und die türkischen Jungs haben inzwischen ganz andere Vorstellungen, weil die meisten hier meinen, den besonders Großen spielen zu müssen. – Oder ich hab's falsch angefangen. Keine Ahnung. *Aman Allahım!* Wenn ich jetzt noch eine Beziehung finden will, muss ich Kompromisse eingehen."

„Und ich könnte ein Kompromiss sein."

„Entschuldige! Ich meine es anders, als du es gerade verstehst."

„Was ist mit Liebe?"

„Du bist ein Idiot! – Rate mal, warum ich nicht nur hier bin, sondern hier liege? – *Yasamak sevmektir* – vom ersten Tag an."

bitti

Wir haben *es* nicht gemacht. Wir haben gar nichts gemacht. Wir haben unter der Decke nebeneinandergelegen und außer meiner rechten Hand, die auf ihrem Bauch mit ihrer linken verschränkt war, gab es keine Zärtlichkeiten. Selbst ihre Lippen hatte ich noch nicht berührt. Warum auch? Ich hatte im Grunde genommen doch alle Zeit der Welt, wenn das, was wir uns erzählt haben, nicht gelogen war, *söz verme verdinse dönme[19]*. Und Tanem wollte Zeit und Sicherheit haben. So wäre selbst diese Nacht ihrem Vater zu erklären – wenn er es je herausbekommen würde.

Ohne den blassesten Schimmer davon zu haben, wie es wird, wenn wir zusammenblieben, wie wir selbst dazu in einem Monat oder Jahr stehen würden, was um uns herum darüber gedacht würde, durch Freunde, Kollegen und die lieben Nachbarn, wie man Hochzeiten für achthundert Leute organisiert, wie Tanem sich den Inhalt einer Hochzeitsnacht vorstellt, vertröstete ich mich auf den fernen Zeitpunkt der Nacht danach. Wir waren heute ja nicht am Ende angelangt.

Nun ja, *bitti* heißt zwar zu Ende. Aber wenn schon. Denn selbst, wenn in der stärksten Geschichte dies das letzte Wort sein sollte, wie im Abspann eines Filmes oder am Schluss eines Buches, – in einem Leben ist nie etwas zu
Ende.

---

[19] Versprich nichts, doch was du versprochen hast, halte!

(Andreas Heßelmann, Tuschezeichnung von Rainer Simon)

1958, Duisburg, Niederrhein. Kaum drei Jahre alt, die ersten Märchenplatten, dann Jim Knopf, die ersten (Kinder)-Krimis von Enid Blyton und später die von Jean-Bernard Pouy. Eine von Anfang an spannende und überaus fesselnde Welt, in der ich versank und die ich als Kind mit eigenen Figuren ergänzte. Meine Phantasie war angeregt. Das gilt auch heute noch. Ich wurde Buchhändler, schreibe seit 30 Jahren, erwecke Personen und Handlungen zum Leben und mache daraus Bücher, die ich gerne selber lese. Das ist in meinen Augen entscheidend: Man sollte die eigenen Bücher mögen.

Rainer Simon

Einer der bekanntesten Zeichner, Cartoonisten und Illustratoren Deutschlands. Er arbeitete für das Handelsblatt, die Stuttgarter Zeitung und den Playboy. Illustrierte Bücher von Michael Ende für den Weitbrecht Verlag und gestaltete Bücher unter anderem von Gerhard Konzelmann, Arturo Pérez-Reverte und Salim Alafenisch. Rainer Simon gewann unzählige Preise und Auszeichnungen. - Er lebt in Böblingen.

Andreas Heßelmann
Kommt davon
Eine ganz andere Geschichte

ISBN: 978-3-7407-4828-9

Juli 2018

Verlag Twentysix/Random House

10,99 €

„Kommt davon" ist eine (ganz andere) Geschichte rund um die Liebe.
Offen, ehrlich, sensibel, erotisch, pikant und nachdenklich. Mitunter eine Reise durch vergangene Jahrzehnte und ein „Versuch" der männlichen Hauptperson mit Kinofilmen etwas über die Liebe zu erfahren, damit er endlich seine Angebetete erobern kann.
Und dies verführerisch unbedarft und oft vollkommen überfordert.
Aber auch unschuldig, manchmal naiv … und vor allem zärtlich und schüchtern.